청소년을 위한

키워드로 이해하는
한국소설
50선

청소년을 위한 키워드로 이해하는 한국소설 50선

1판 1쇄 인쇄 2019년 3월 7일
1판 1쇄 발행 2019년 3월 15일

—

지은이 고인환

—

발행처 문학의숲
발행인 이은주

—

신고번호 제2005-000308호
신고일자 2005년 10월 14일

—

주소 (04029) 서울특별시 마포구 양화로7길 84 영화빌딩 4층
전화 02-325-5676
팩스 02-333-5980

—

저작권자 ⓒ 2019 고인환
이 책의 저작권자는 위와 같습니다. 저작권자의 동의 없이
내용의 일부를 인용하거나 발췌하는 것을 금합니다.

—

값은 표지에 있습니다.
ISBN 979-11-87904-15-1 43810

청소년을 위한

키워드로 이해하는
한국소설
50선

• 고인환 지음

문학의숲

머리말

'문학(소설)이란 무엇인가?'라는 근원적 질문을 다시 던져봅니다. 일찍이 한 평론가는 '소설을 왜 읽는가?'라는 질문에 '우리 사회가 건강한지, 그렇지 않은지를 심문하기 위해' 소설을 읽는다고 답한 바 있습니다. 스스로에게도 질문을 던져보고 각자의 답을 찾아보시기 바랍니다.

널리 알려져 있듯이, 소설에는 동시대의 현실이 투영되어 있습니다. 작가들은 소설을 통해 우리가 발 디디고 있는 현실을 직시하고, 지금보다 나은 삶의 가능성을 탐색합니다. 독자들은 이러한 소설(소설가)과 대화하며 각자의 모습을 돌아보고, 새로운 삶을 전망해 보는 소중한 기회를 얻게 되는 것이지요.

지난 몇 해 동안 『고교독서평설』에 연재했던 글들을 묶어 세상에 내놓습니다. 한국의 대표 단편소설을 청소년들에게 소개하는 꼭지였습니다. 십여 년 전, 『한국문학 속의 명장면 50선』을 출간한 바 있습니

다.『청소년을 위한 키워드로 이해하는 한국소설 50선』은 그 작업의
후속편인 셈이지요. '역사와 현실', '분단과 통일', '문명과 소외', '성장과
성찰', '소통과 공감' 등 한국 현대사를 집약할 수 있는 다섯 분야의 키
워드로 10편씩 묶어 총 50편의 소설을 다루었습니다. 여러 작품들을
소개하면서 일제강점기부터 오늘날에 이르는 격변의 현대사를 다시
곱씹어보는 계기를 가지게 되었습니다. 각각의 작품들은 당대의 현실
을 정직하게 응전하면서 보다 나은 삶에 대한 절실한 염원을 표출하고
있었습니다. 작품들 하나하나의 작은 소망과 가느다란 희망들이 축적
되어 '지금 여기'의 현실에 이르게 된 것이겠지요. 하지만 우리의 삶은
여전히 고통스럽고 불만스럽기 그지없습니다. 힘들고 어려운 현실이지
만, 그 속에서 보다 나은 삶에 대한 희망을 포기하지 않는 것, 이것이
야말로 소설(문학)의 정신이 아닐까 싶습니다. 소설이 계속 쓰여지고 읽

혀야 하는 이유도 바로 여기에 있을 것입니다.

모처럼 청소년 독자들과 만나는 기회를 얻게 되어 기쁩니다. 문학평론을 해오면서 독자들과의 소통이 부족했다는 점이 늘 마음에 걸렸습니다. 문학에 대한 담론들이 '자기들만의 폐쇄된 울타리' 속에서 악순환되고 있다는 비판의 목소리도 들려옵니다. 독자들이 이미 한국문학을 떠났다고도 합니다. 이러한 비판의 목소리들을 겸허하게 받아들이고, 보다 낮은 자세로 문학의 본질을 성찰하는 자세가 필요하지 않을까 싶습니다. 부족하기 그지없는 미흡한 덧글에 불과하지만, 독자들에게 인생의 의미를 곱씹어보는 마중물이 되었으면 하는 욕심을 부려봅니다.

이 책이 출간되는 과정에서 많은 분들이 도움을 주셨습니다. 연재의 지면을 마련해 준 『고교독서평설』 관계자 여러분들, 출판을 흔쾌히 수

락해 준 문학의숲 대표님과 원고를 꼼꼼하게 검토하며 편집해 주신 선생님들께도 고개 숙여 감사의 인사를 드립니다. 마음에 담아두고 기회가 있을 때마다 두고두고 갚겠습니다.

　청소년의 문턱을 넘어선 지 얼마 되지 않은 첫째아이와 이제 막 그 시기에 다다른 둘째에게 이 책이 어떤 의미로 다가올지 무척 궁금합니다. 부담스럽기 그지없는 이 두 명의 냉정한 독자와 아내에게 감사하며 이 책을 바칩니다. 우리 모두를 있게 한 부모님들께도 큰절 올립니다. 감사합니다.

2019년 3월
고인환

차례 Q.

1. 역사와 현실

소설로 시대의 현실을 읽다

조로(早老)한 청춘의 내면 풍경

박태원의 소설에는 늘 '고현학(考現學, Modernology)'이라는 용어가 따라다닌다. 고현학은 사회학의 보조학문으로 현대인의 생활과 세태를 빠짐없이 기록하는 자료학의 성격이 강하다. 소설에서는 창작을 위한 준비 과정인 취재 단계에서 고현학 특유의 관찰과 채록 작업이 요구된다. 박태원이 소설 쓰기에서 고현학을 끌어들인 이유는 작가로서의 '상상력' 빈곤을 보완하기 위해서이다. 그는 자신이 '모더놀로지(고현학)'에 열중한 이유는 '다른 이들에 비하여' '작가로서의 상상력'이 '빈약'했기 때문이라고 고백하고 있다. 박태원에게 고현학은 실제 현상을 '면밀히 조사하여 일일이' '대학노트에다 기입'하는 작업이며, 동시에 '상상력'의 빈약함을 메워주는 유용한 수단이었던 것이다.

「피로」는 고현학적 소설쓰기의 과정을 잘 보여주는 작품이다. '관찰과 사색' 그 자체가 한 편의 소설이 되기 때문이다. 고현학 특유의 기법 실험이 돋보이는 「소설가 구보씨의 일일」(의식의 흐름 기법)이나 『천변풍경』(보여주기의 기법 혹은 카메라의 이동 기법)으로 나아가기 전 단계의 작품이라 할 수 있다.

줄거리는 간단하다. 소설의 주인공 '나'는 다방에서 소설 쓰는 일과 씨름하다가 여의치 않자 원고 뭉치를 사원에게 맡기고 거리로 나선다. 도시 풍경을 관찰하고 사색에 잠기기도 하다가 다시 다방으로 돌아와 소설 쓰기의 어려움을 토로한다는 내용이다. 아무 목적도 없이 거리를 헤맨 일 그 자체의 기록이 한 편의 소설이 되고 있는 것이다. 소설 속에서 주인공은 아직 소설을 완성시키지 못하고 있다. 그렇다면 이 작품은 소설 이전의 그 무엇이다. 우리는 「피로」에서 소설 이전의 그 무엇(관찰과 사색)이 한 편의 소설이 되는 낯선 풍경을 경험하게 된다.

사정이 이러하다면 「피로」는 어떤 메시지를 전달하는 작품이라기보다는 소설 쓰는 과정 그 자체를 문제 삼는 기교적 소설이라 할 수 있다. 작품을 쓰지 못해 방황하는 소설가의 고뇌를 담은 예술가소설이라고 볼 수도 있다.

그렇다면 이 작품에 드러난 작가의 '피로'는 어디에서 기인하는가? 무엇이 스물다섯의 청춘(젊음)을 이처럼 병든 노인마냥 무기력하게 만들고 있는가?

우선 당시의 시대 상황을 되짚어보자. 일본에 유학하여 선진 문화를 공부한 식민지 지식인이 조선에 돌아와 우리 사회의 근대화에 기여할 통로를 찾지 못했다는 사실을 기억할 필요가 있다. 식민지 조선의 현실은 일본을 통해 습득한 근대사상이나 근대문학이 쉽게 통용될 수 있는 사회·문화적 기반을 지니고 있지 못했다. 이 작품의 우울과 피로는 이러한 좌절과 실패에서 기인한다. 박태원은 무능력할 수밖에 없는 식민지 엘리트들의 우울한 일상을 있는 그대로 보여줌으로써 식민지 현실의 불모성을 환기하고 있는 것이다.

이러한 현실의 피로를 잠시 잊을 수 있는 공간이 다방 '낙랑'이자 그곳에서의 소설 쓰기이다. 식민지 모더니스트들은 다방에서 현실과 꿈(예술)이 잠시 만나는 짜릿한 행복을 누린 것이다. 이 만남을 주선한 것은 '스티븐슨의 동요'나 '엔리코 카루소'의 '엘레지' 등으로 표상되는 문학과 예술이다. 다방에는 차, 담배, 축음기, 음악 등이 있다. 이곳에서 소설을 쓰면서 식민지 조선의 문인들은 우울한 현실을 견디곤 하였다. 하지만 일시적일 뿐이다. 아름다운 음악(엘레지)도 반복해서 들으면 이내 지루하고 피곤해진다. '위안'과 '안식'이 필요한 사람들에게 다방은 '한 잔의 홍차'만큼의 짧은 위로를 선사할 뿐이다.

그렇다면 앞으로 써야 할 소설, 즉 '미완성한 작품'에 기대를 걸 수밖에 없다. 춘원(이광수)과 민촌(이기영)의 시대는 지나갔다. 박태원은 이 계몽주의적 열정이 사라진 1930년대 한국 문단에 '구인회(九人會)' 중심의 모더니즘 문학을 실험하고자 하였다. 이 모더니즘 소설의 주인공들은 「날개」(이상)의 '화자'와 같이 일명 '귀차니스트들'이다. 거리로 나왔지만 마땅히 갈 곳이 없는 백수들이다. 'M신문사'에서는 '면회인명부'에 '만나 보려는 이'의 이름과 자신의 주소, 이름 등을 적는 것이 귀찮아 그냥 지나친다. 만원 버스 안에서는 문 앞까지의 사람들을 헤치고 갈 용기가 없어 내리지 못한다.

박태원은 이러한 '귀차니스트'의 내면에 고현학적 소설의 한 가능성을 음각해 놓았다.

> 나는 그 고무장화의 피곤한 행진을 보며, 그것을 응당 물로 닦고 솔질을 하고 할 그들의 가엾은 아낙들을 생각하고, 또 그들의 아낙들이 가끔 드나들어야만 할 전당포를 생각하고, 그리고 그곳의 '삶'의 '어려움'을 느끼지 않을 수 없었다.

> 나는 그들의 고무신을 통하여, 짚신을 통하여, 그들의 발바닥이 감촉하였을, 너무나 차디찬 얼음장을 생각하고, 저 모르게 부르르 몸서리치지 아니할 수 없었다.

소설가는 평범한 일상의 풍경 이면에 깃든 삶의 의미를 날카롭게 포착하는 자이다. '피곤한 행진'을 하고 있는 샐러리맨의 '고무장화'를 보며 '그들의 가엾은 아낙들'을 떠올리고 '그곳의 삶의 어려움'을 감각하는 감수성이나, '인도교가 어엿하게 있음에도 불구하고' 굳이 '얼음 위'를 걸어가고 있는 행인들의 '발바닥'을 통해 '차디찬 얼음장'을 감촉하고 '부르르 몸서리'치는 모습은 고현학적 글쓰기의 한 성과를 보여주는 장면이다. 도시를 배회하는 '귀차니스트'의 관찰과 사색에 식민지 민중의 고단하고 피곤한 삶이 살짝 묻어나는 대목이다.

이렇듯, 조로(早老)한 청춘의 무기력한 내면 풍경을 식민지 조선의 암울한 현실과 겹쳐놓는 지점에서 「피로」의 문학사적 의미가 반짝, 빛을 발한다.

꿈꾸기가 불가능한 시대, 문학의 존재 방식

채만식(1902~1950)은 『태평천하』(1938)를 발표한 이 듬해에 이 작품을 스스로 평가하는 글에서, '사정이 부득이하여 역설적인 작품을 쓰되, 그 길을 평생 두고 가려고는 않는다.'라고 언급했다. 이 한 문장에는 채만식의 작가 의식이 그대로 투영되어 있다. 시대의 억압적 상황('사정이 부득이하여')이 그에 걸맞은 풍자라는 표현 양식('역설적인 작품')을 요구했으되, 앞으로는 그러한 작품을 쓰지 않겠다('그 길을 평생 두고 가려고는 않는다')는 것이 그의 입장이다.

실제로 채만식은 시대적 상황(현실)과 표현 양식(풍자) 그리고 바람직한 문학(이상) 사이에서 팽팽한 긴장을 유지하며 창작 활동을 지속했다. 꿈꾸기가 불가능한 현실에서 문학은 어떤 방식으로 존재할 수 있는가를 풍자의 형식으로 보여준 셈이다.

그렇다면 그로부터 몇 년이 흐른 해방 직후에 채만식은 과연 '역설적인 작품'을 쓰지 않았을까? 그 무렵 우리 민족의 과제는 '일제의 잔재 청산과 새로운 민족 국가 건설을 어떻게 이루어낼 것인가'였다. 그러나 해방의 감격을 제대로 누려보기도 전에 냉혹한 현실은 우리 삶을 다시 한 번 무자비하게 짓밟았다.

민권 운동가이자 문필가인 함석헌(1901~1989)은 '해방은 도둑처럼 왔다.'라고 갈파(喝破)한 바 있다. 분단과 전쟁으로 이어진 격변의 현대사는 '준비되지 않은 해방'의 의미가 무엇인지 되새겨보게 한다. 냉정하게 말하면 해방은 정당한 노력으로 얻은 결과가 아닌 것이다.

이러한 해방 직후의 현실을 생생하게 포착한 작가로 이태준(1904~?)과 채만식을 꼽을 수 있다. 이태준은 「해방 전후」(1946)에서 우리 민족이 겪은 혼란상을 나름대로 정리한 다음, 『농토』(1947)에 이르러 계급주의 문학으로 나아갔다. 이는 '현실과 현실 너머' 사이의 팽팽한 긴장을 현실 너머의 '이념'으로 해소한 경우다.

그러나 채만식은 둘 사이의 긴장을 끝까지 포기할 수 없었다. 해방 직후의 혼란상은 그에게 '현실 너머'에 대한 그 어떤 전망도 허용하지 않았기 때문이다. 앞으로 나아가지도, 그렇다고 뒤로 물러설 수도 없는 딜레마적 상황에서 채만식은 다시 풍자의 칼날을 빼어들 수밖에 없었다. 부정적이고 혼란한 현실에 슬쩍 비껴선 자세로 응전(應戰)한다는 점에서 풍자는 정공법(正攻法)이 아니다. 풍자란 현실 속에 있는 대상을 공격하여 우스꽝스럽게 만드는 작업이기 때문이다.

「맹 순사」를 채만식 투로 소개한다면, '사정'은 여전히 '부득이'하고 '길'은 보이지 않으므로 어쩔 수 없이 쓴 '역설적인 작품'이라 할 수 있다. 이 소설에서 풍자의 시선은 두 갈래로 진행되는데, 먼저 해방 직후의 혼란한 시대상에 대한 풍자를 들 수 있다. 주체적으로 준비하지 못한 상황에서 새로운 세상이 열린 만큼, 작품 속 현실은 그야말로 요지경이다. 해방과 동시에 직장을 그만둔 맹 순사는 '팔 년의 경험'을 증명할 만한 '몇 마디 테스트'를 통해 '그 당장' 발령을 받는다.

설상가상(雪上加霜)으로 거리의 부랑아였던 '행랑 아들 노마'는 물론, 살인강도이자 무기 징역수였던 천봉세까지 '해방 조선의 새 순사'로 채용된다. 작가는 해방은 되었으나 미래에 대한 비전이 보이지 않는 부조리한 상황을 희화화하여 드러내고 있는 것이다. 이 점에서 「맹 순사」의 풍자적 기법은 미래에 대한 설익은 전망을 남발하는 이상주의적 작품보다 현실을 진실하게 포착하고 있다고 볼 수 있다.

다음으로 인물에 대한 풍자가 엿보이는데, 이와 관련해서 맹 순사를 바라보는 작가의 시선을 유심히 고찰할 필요가 있다. 맹 순사는 풍자의 대상인 동시에 풍자의 주체이기도 하다. 해방 직후의 부조리한 현실이 그의 시선을 빌려 폭로되기 때문이다.

자신보다 더한 비리를 저지른 동간들이나 노마와 천봉세를 비꼬는 지점에서, 맹 순사는 대상을 풍자하는 주체로 변모한다. 여기에 이르면 작가와 맹 순사의 거리가 가까워지면서 이들의 삶이 합리화될 여지가 발생하는데, 이는 맹 순사를 묘사하는 대목 곳곳에서 드러난다. '맹 순사는 타고난 천품이 본시도 유한 인물'이라는 표현이라든지, 맹 순사가 양복장과 양복을 보며 과거의 행적을 반성하는 대목, 해방 후 달라진 행인들의 태도를 지켜보며 그가 지난날을 곱씹어보는 장면이 그 예다.

특히 맹 순사가 생활고 때문에 어쩔 수 없이 그런 행동을 했다는 인상을 주는 대목은 작가 자신의 친일 행위에 대한 변명으로 해석될 여지가 있다. 이는 주인공에 대한 풍자의 시선이 작가에게까지 전이되지는 못했음을 암시한다. 자기 자신을 대상으로 삼지 못하는 풍자는 그 자체로 한계를 지닐 수밖에 없다.

이 점을 고려할 때, 채만식이 「맹 순사」에서 「민족의 죄인」(1948)으로 나아갔다는 사실은 의미심장하다. 그는 「민족의 죄인」에서 자신의 한계를 자각하고, 타인에 대한 비판의 칼날을 스스로에게 들이대고 있기 때문이다. 그러나 친일 행위를 반성하면서도 그것이 불가피한 일이었다며 변명을 늘어놓는다. 스스로에 대한 철저한 비판은 과거의 잘못을 반성하는 자신마저 풍자의 대상으로 삼을 때 가능한 일일진대, 채만식은 아쉽게도 여기까지는 나아가지 못한 채 마흔여덟 나이에 짧은 생을 마감했다.

이쯤에서 우리 주변을 둘러보자. 맹 순사가 비판한 '동간들의 비리'가 끊임없이 폭로되고 있으며, 맹 순사처럼 자신의 삶을 합리화하며 현실에 안주하려는 사람도 곳곳에서 눈에 띈다. 따라서 해방 직후의 역사가 요구한 과제를 풍자라는 역설적인 기법으로 포착한 채만식의 문제의식은 여전히 유효하다. 우리가 「맹 순사」를 감상하며 60여 년 전의 현실을 돌이켜보듯, 60여 년 뒤의 역사 또한 '지금 여기'의 현실을 곱씹어볼 것이다. 과거는 흐릿한 현재를 선명하게 비춰주는 거울이며, 불투명한 미래를 밝혀주는 등불이기 때문이다.

'잔등(殘燈)', 혼란한 시대를 밝히는 희미한 불빛

허준의 「잔등」은 해방을 맞이하여 만주(장춘)에서 고국으로 귀환하는 한 지식인의 여정을 담고 있는 중편이다. 주인공은 바깥의 시각으로 조국의 현실을 바라보는 이른바 외부자의 시선을 견지하고 있다. 그는 「만세전」(염상섭)의 주인공 '이인화'를 연상시킬 정도로 당대의 현실을 밀도 있는 시선으로 포착하고 있다. 이렇듯 타지(만주)에서 조국으로 귀향하는 지식인의 처지는 해방 직후의 혼란한 상황을 생생하게 드러내는 데 기여하고 있다.

작품의 주된 배경이 되는 '청진'은 외부자의 시선과 내부의 현실이 교차하는 장소이다. 청진은 여행의 출발지 만주와 최종목적지 서울의 중간 기착지에 해당한다. 떠돎(만주, 과거)의 공간도 아니고 정착(서울, 미래)해야 할 공간도 아니다. 해방에 대한 감격을 처음 안겨주는 '맑고 정함'의 공간이자, 비극(일제시대)이 끝난 뒤의 혼란과 어수선함이 공존하는 도시이다. 이러한 청진에서 화자는 조국에 대한 낭만적 향수와 안타까운 현실에 대한 비애감을 동시에 느낀다. 청진은 감격과 비애, 불안과 체념, 기대감과 좌절감 등이 뒤엉킨 현재진행형의 공간이다. 허준의 「잔등」은 이 역동적 가능성의 공간을 배회하며 희망과 절망이 교차하는 해방 조국의 미래를 탐색하고 있는 작품이다.

주인공의 의식변화 과정을 중심으로 이를 추적해 보자. 화자는 국밥집 노파와의 만남을 통해 의식의 변화를 겪는데, 이는 해방의 혼돈 속에서 가느다란 희망의 씨앗(잔등)을 발견하는 과정과 맞물려 있다. 먼저 국밥집 노인을 만나기 이전의 모습을 살펴보자. 화자는 해방 이후 첫발을 내디딘 조국에서 한 소년을 만난다. 그는 소년에게서 '사람의 잡티'가 전혀 섞이지 않은 '싱싱한 품성'을 발견하고 감동을 받는다. 물론 그 신선한 모습 이면의 냉혹한 현실도 감지한다. 소년은 뱀장어라는 미끼를 이용해 패망 후 집단 수용소에 거주하고 있는 일본인들을 감시·고발하는 일을 하고 있었다. 하지만 그는 소년의 일본에 대한 맹목적 증오심에 크게 주목하지 않는다. 해방의 감격이 투영된 낭만적 감상이 구체적 현실인식, 즉 패망한 일본인을 어떻게 대해야 하는지에 대한 실제적 고민을 압도하고 있기 때문이다. '노서아 사람'에 대한 양면적 감정 또한 지나칠 수 없다. 화자가 보기에 러시아 사람들은 순박하고 소박한 농민들이다. 만일 '우리가 남과 같이 살아야 한다면' 그들만큼 '무난한 국민'은 없을지 모른다고 여긴다. 하지만 그들의 부정적 측면 또한 정확하게 인식하고 있다. 그들은 순박하고 소박한 반면 이기적이고 어리석다. 여비, 술, 물통, 펜 등을 선사해야 할 정도로 우리를 성가시게 한다. 우리가 순종하지 않으면 총을 겨누는 사람들이다. 이러한 부정적 요소에도 불구하고 화자의 마음은 '우리는 한 가족이다.'라는 그들의 노래 후렴에 깃든 낭만적 감성으로 기운다.

이러한 해방의 감격이 지배하고 있는 화자의 낭만적 감정은 국밥집 노파와의 만남을 계기로 변화를 일으키기 시작한다. 노파는 일제 강점기의 가혹한 현실을 묵묵히 견딘 민중의 모습을 상징한다. 독립운동을 하던 아들은 해방을 불과 한 달 남기고 감옥에서 죽는다. 아들과 함께 끌려간 일본 젊은이는 그녀에게 강렬한 인상을 남긴다. 일본인이라 하여 무조건 나쁜 사람들만 있는 것이 아니다. '자식을 가두어 죽인 놈들을 보면 이가 갈리지만' 그들을 '무릎 꿇리고 벌거벗겨놓고 보니' '매 갈 데'가 없다. 패망 이후 조선에 남은 헐벗은 일본인들이 아들과 뜻을 같이한 젊은이의 '종자'라는 생각을 하니 눈물이 나기까지 한다. 그녀는 독립운동을 하다 죽은 아들을 등에 업고 '자치대' 혹은 '보안대'에 나가 영웅 대접을 받으며 살 수도 있었다. 하지만 노파는 '피난민이 우글우글하고 눈에 밟히는 것이 많은' 혼란한 시대에 혼자 '호사'를 누릴 수 없다고 생각한다. 그녀는 국밥집에 나와 헐벗은 사람들을 돌보며 살고 있다. 이러한 노파의 모습은 화자의 마음에 잔잔한 파문을 일으킨다.

피난민도 형지 없이 어지러웠고 일본 사람들도 과연 눈을 거들떠보기 싫게 처참하지 아니함이 없었으나 생각하면 이것을 혁명이라 하는 것이었다. 혁명은 가혹한 것이었고 또 가혹하여도 할 수 없을 것임에 불구하고 한 개의 배장수를 에워싸고 지나쳐간 짤막한 정경을 통하여, 지금 마주 앉아 그 면면한 심정을 토로하는 이 밥장수 할머니에 이르기까지 그것이 어떻게 된 배 한 알이며, 그것이 어떻게 된 밥 한 그릇이기에, 덥석덥석 국에 말아줄 마음의 준비가 언제부터 이처럼 되어 있었느냐는 것은 나의 새로이 발견한 크나큰 경이가 아닐 수 없었다. 경이보다도 그것은 인간 희망의 넓고 아름다운 시야를 거쳐서만 거둬들일 수 있는 하염없는 너그러운 슬픔 같은 곳에 나를 연하여 주었다.

이윽고 '혁명'의 가혹함 너머에서 피어나는 '밥장수 할머니'의 훈훈한 인정이 화자의 가슴에 와 닿는다. 주인공은 노파의 모습을 통해 '인간 희망의 넓고 아름다운 시야를 거쳐서만 거둬들일 수 있는' 하염없이 '너그러운 슬픔'을 발견한다. '온 일생을 쇠정하게 늙어온 할머니의 그 정갈한 얼굴', 즉 이 땅 민중의 끈질긴 삶에서 해방 조선의 희망을 본 것이다. '인생의 깊은 인정을 누누이 이야기'하는 노파의 곁을 밤새워 밝히는 '잔등(殘燈)'은 '구슬픈 제3자의 정신'(허준)이 발견한 희미한 조선의 희망이다. 「잔등」은 이 희망을 발견하기까지의 여정을 다룬 작품이다. 화자의 피난 여정이 '청진'에서 종결되는 것도 이 때문이다.

O4 이태준의 「해방 전후」

문학과 혁명 사이에서 길을 묻다

리얼리즘과 모더니즘은 우리 문학의 양대 산맥을 형성해 왔다. 리얼리즘은 시대 현실을 사실적으로 드러냄으로써 사회의 갈등과 모순을 포착하는 데 초점을 맞추는 문학예술의 경향이다. 반면, 모더니즘은 '미학적 형식'의 새로움으로 시대 현실에 응전한다. 전자가 객관성을 중시한다면, 후자는 주관성을 강조한다. 리얼리즘은 시대 현실의 반영을, 모더니즘은 예술의 자율성을 강조하는 셈이다. '현실 속에서 현실 너머를 꿈꾸는 문학'은 이 리얼리즘과 모더니즘의 긴장 속에서 운명의 드라마를 연출하며 우리 근대문학의 형성과 변모에 절대적인 영향력을 행사해 왔다. 현실을 있는 그대로 드러내는 데 급급한 문학도, 현실과 동떨어진 '새로움'만을 추구하는 문학도 높게 평가되기 어렵다. 문학적 감동은 리얼리즘과 모더니즘의 팽팽한 긴장에서 발생한다고 해도 과언이 아니다.

이태준의 문학은 모더니즘과 리얼리즘의 양 극단을 오간 특이한 경우에 해당한다. 한국문학사는 이태준을 한국 모더니즘 문학의 '대표 선수'로 기록하고 있다. 많은 비평가들이 그의 단편을 두고 '한국 소설이 도달한 예술성의 최고 경지의 하나'라는 평가를 주저하지 않는다. 이는 카프를 중심으로 한 이념 문학이 쇠퇴하면서 발아한 한국 모더니즘 문학의 온상인 '구인회'의 좌장이었다는 사실과, 문학성을 강조한 순수문예지 『문장』(1939-1941)의 편집인으로 당시 한국 문단에서 주도적인 역할을 했다는 점에서 잘 드러난다. 그는 일제 강점기의 암울한 현실을 문학의 예술성, 즉 모더니즘적 감각으로 살아낸 셈이다. 이태준은 시대 현실과 일정한 거리를 유지하며 미적 세계에 탐닉하였다. 그의 초기 작품에 자주 드러나는 골동품에 대한 귀족적 미의식은 이러한 예술지향성의 표출이었다. 이는 과거 선비들의 미학적 태도를 통해 시대 현실의 중압감을 극복하려는 의지의 발현이라 할 수 있다.

하지만 일제 말의 상황은 이러한 이태준의 태도를 더 이상 용납하지 않는다. 중일전쟁을 거쳐 태평양전쟁을 치르면서 일본은 우리 민족의 정기를 말살하려는 악랄한 정책을 펼치기 시작한다. 이에 따라 이태준의 모더니즘적 미의식은 서서히 변모하기 시작한다.

「해방 전후」는 이러한 이태준의 문학적 변화, 즉 모더니스트에서 리얼리스트로 변모해 가는 과정을 사실적으로 드러낸 작품이다. 먼저, 이 작품에 드러난 일제 말의 암울한 현실에 주목해 보자. 암울한 현실에 대응하는 주인공 현의 태도는 '좀 더 정세를 봅시다.' 혹은 '살아 견디어내고 싶었다.'라는 말로 대변된다. 일제는 현을 '준요시찰인'으로 감시하며, 시국에 협력할 것을 강요한다. 화자는 적극적으로 저항하지 못하고 이런저런 핑계로 회피하기에 급급하다. 심지어 일제의 강압을 더 이상 거부하지 못하고 일본에 유리한 『대동아전기』의 번역을 수락하기까지 한다. 물론 이러한 태도는 비판받을 수 있다. 하지만 '그러쥐면 바스러질 만치 연약함이 유리알 같은 정신'으로 일제 말의 엄혹한 현실을 견딘 이태준의 문학적 자의식은 곱씹어볼 필요가 있다. 비록 불의에 직접적으로 맞서지는 못했지만, 그러한 자신에 대한 부끄러움을 자각하며 굴욕적 내면을 끊임없이 채찍질하는 행위는 그 자체로 소중한 것이기 때문이다.

한편, 해방 이후 이태준은 새로운 조국의 건설에 적극적으로 뛰어드는데, 「해방 전후」에는 이러한 면모가 잘 드러나 있다. 특히, 해방 전의 자신의 모습, 즉 소극적인 처세가의 태도를 떨쳐버리고 행동하는 양심으로 거듭나는 장면은 인상적이다.

"감사험니다. 또 변했단 것도 그렇습니다. 지금 내가 변했는니, 안 변했는니 하리만치 해방 전에 내가 제법 무슨 뚜렷한 태도를 가졌던 것도 아니구요, 원인은 해방 전엔 내 친구가 대부분이 소극적인 처세가

들인 때문입니다. 나는 해방 후에도 의연히 처세만 하고 일하지 않는 덴 반댑니다."

"해방 후라고 사람의 도리야 어디 가겠소? 군자(君子)는 불처혐의간(不處嫌疑間)입넨다."

"전 그렇지 않습니다. 지금 이 시대에선 이하(李下) 아래에서라고 비뚤어진 갓(冠)을 바로잡지 못하는 것은 현명이기보단 어리석음입니다. 처세주의는 저 하나만 생각하는 태돕니다. 혐의는커녕 위험이라도 무릅쓰고 일해야 될, 민족의 가장 긴박한 시기라고 생각합니다."

이 작품에서 김 직원은 작가의 또 다른 분신이라 할 수 있다. 과거 이태준이 보였던 '상고주의'의 면모를 보여주고 있기 때문이다. 현은 해방 이전까지 김 직원의 태도에 공감하다가 해방 이후 그와 생각을 달리하게 된다. 작품에 묘사된 김 직원의 태도는 과거(옛 것)에 대한 향수로 물들어 있다. 이는 현이 '낚시질'에 비유하고 있는 '동양적인 소견법'(吟風吟月), 즉 '왕조 시대의 고완품을 애무하는 것 같은 취미'와 연결된다. '전주 이씨 왕조를 다시 한번 모셔보구 싶'다는 김 직원의 말은, 현에게 자신이 걸어온 문학의 길이 '봉건 시대의 소견 문학과 얼마만한 차이를 가졌는가?'라는 질문을 던지게 한다. '세계사의 대 사조 속에 한 조각 티끌처럼 아득히 가라앉아가는 김 노인의 표표한 뒷모양'을 '왕국유의 애틋한 최후'와 포개는 장면은, 자신의 과거를 떠나보내는 작가의 쓸쓸한 초상과 다르지 않다.

　이 작품 이후 이태준은 혁명의 길로 뛰어든다. 그가 그토록 강조했던 문학의 자율성은 이데올로기의 칼날에 무참하게 붕괴된다. 이태준이 북한으로 건너간 이후 발표한 소설들은, 그의 세련되고 섬세한 디테일의 단편을 기억하는 독자들에게 적지 않는 충격을 주고 있다. 투쟁적이고 선동적인 구호가 난무하는, 전혀 이태준답지 않은 작품들이기 때문이다.

　우리는 여기에서 문인의 삶과 혁명가의 삶을 비교·음미해 볼 필요가 있다. 문인은 '문학'을 통해, 혁명가는 '실천'을 통해 자신의 삶을 실현한다. 식민지 문인으로서 이태준의 삶은 당대의 현실을 모더니즘적 감수성으로 포착하는 데 바쳐졌다. 「해방 전후」는 이러한 문인의 삶에서 혁명가의 삶으로 전이되는 모습을 보여주고 있다. 현실 대응의 방식이 다른 것이기에, 여기에 옳고 그름, 선악의 판단 기준을 들이대는 것은 무리가 있어 보인다. 문학과 혁명 사이를 오간 이태준의 삶은, '지금 여기'를 살아가는 우리에게 '어떻게 살 것인가'의 문제를 제기한다는 점에서 소중한 가치를 지닌다.

전후 현실에 대한 알레고리적 풍자

김성한의 「개구리」는 전후 알레고리 소설이다. 알레고리란 '추상적인 것에 형상을 입혀 구체화하는 기법으로, 다른 것에 비유하여 말하는 방법'을 일컫는다. 의인화의 기법을 사용하여 교훈적이며 풍자적인 내용을 주로 다루는 우화도 알레고리 문학의 일종이다. 넓은 의미에서 알레고리 문학은 동물을 통해 인간의 탐욕과 어리석음, 게으름을 비판한 『이솝 우화』나, 근대 사회의 인간 소외 현상을 우의적으로 다룬 카프카의 「변신」, 그리고 거대한 독재 권력과 인간의 관계를 동물 이야기로 빗대 표현한 조지 오웰의 『동물 농장』 등의 작품을 포괄한다.

알레고리 문학에서 작품 그 자체는 독립적인 의미를 지니기 어렵다. 중요한 것은 작가가 작품을 통해 드러내려고 하는 주제의식이다. 추상적이고 관념적인 내용을 전달하기 위해 이야기는 하나의 예로 제시되는 경우가 많기 때문이다. 때문에 독자의 반성이나 성찰을 요구하는 계몽주의적 성격이 강하다.

한편, 작품의 구조적 완결성(총체성)을 문학성의 기준으로 삼는 리얼리즘의 관점에서는 열등한 창작원리로 여겨지기도 한다. 리얼리즘 문학은 현실 세계를 구체적으로 탐색함으로써 주제의식을 드러내는 데 반해, 알레고리 소설은 작가의 관념을 드러내기 위한 수단으로 작중 현실이 선택되기 때문이다. 루카치는 이러한 알레고리를 모더니즘의 내재적이고 경향적인 특질로 파악한 바 있다. 우리가 발 디디고 있는 현실 세계를 보여주기보다는 작가 자신의 관념을 비유적으로 드러내는 데 주력하기 때문이다. 알레고리 소설을 읽는 효과적인 독법은 텍스트 자체의 의미를 고찰하기보다는 이야기의 이면에 드리워져 있는 작가의 의도를 파악하는 것이다.

이 점을 염두에 두고 김성한의 「개구리」를 살펴보기로 하자. 먼저, 전후의 부조리한 시대 상황을 지나칠 수 없다. 이 작품은 혼란과 모순으로 가득 찬 당시의 상황을 알레고리적으로 포착한 작품이기 때문이다. 한국 전쟁은 인간의 존엄성을 무자비하게 파괴하였다. 살아남는 것으로 표상되는 적자생존의 논리는 인류가 쌓아놓은 문명(문화)의 세계를 초토화시켰다. 현실은 거대한 혼란 덩어리로 작가들 앞에 놓인 셈이다.

전후 신세대들의 새로운 현실 인식은 여기에서 비롯된다. 그들은 김

동리로 대표되는 구세대 작가들의 문학 풍토와 날카로운 대립각을 세우며 그들만의 방식으로 부조리와 절망을 표현하기 시작하였다. 전후소설을 대표하는 장용학, 손창섭, 김성한, 유주현 등이 새로운 기법으로 실험한 알레고리적 창작방법은 이로부터 출발한다.

문학은 구체성에 근거하여 객관 현실을 탐구한다. 하지만 '대재앙으로서의 전쟁 체험'은 작가들에게 구체적 현실에 대한 진지한 탐색을 불가능하게 만든다. 이에 관념의 틀로 눈앞의 현실을 재단하려는 경향, 즉 무질서에 휩쓸린 거대한 소용돌이의 중심(본질)을 포착하려는 의지가 강하게 작동된다. 무질서와 혼돈의 시대를 관념의 틀로 포착한 「개구리」의 알레고리적 요소도 이러한 현실인식과 무관하지 않다. 알레고리 문학이 그렇듯 이야기는 간단하다.

자유롭고 평화스럽게 살던 개구리들의 연못에, 독수리를 왕으로 섬기는 날짐승들이 내려오고, 사자를 선두로 한 짐승들의 행렬이 지나간다. 개구리 사회에서도 지도자를 모셔 새로운 질서를 세우자는 의견이 제기된다. 얼룩 개구리는 재빨리 동료들을 선동하여 제우스 신을 찾아가 지도자를 내려달라고 간청한다. 제우스는 통나무를 내려준다. 통나무는 개구리들의 놀이터가 되어 연못의 생활을 풍요롭게 한다. 얼룩 개구리는 이러한 상황에 불만을 품고 제우스에게 새로운 왕을 내려달라고 간청한다. 제우스는 황새를 왕으로 내려준다. 개구리 사회의 공포정치가 시작된다. 초록 개구리는 역적으로 몰려 망명 생활을 하게 되고,

개구리들은 황새의 먹이가 된다. 희생을 강요하는 새로운 윤리가 선포되고, 연못은 졸지에 아수라장이 된다. 참다못한 초록 개구리가 제우스 신을 찾는다. 제우스는 개구리들의 의식에 뿌리박힌 노예근성을 질타하며, '의식의 세계에 돋은 독버섯'에 불과한 자신에게 '침을 뱉고 물어뜯'으라고 명령한다.

"섬기지 않고는, 굽신거리지 않고는 배기지 못하는 노예근성이여, 의식의 비극이여! 헤브라이의 신을 섬기다가 섬기는 데 지친 의식은 이십 세기 후에 이즘이란 것을 꾸며 내 가지고 그 밑에 굽신거리고, 이 있지도 않는 허깨비 같은 새로운 신의 명령이라 하여 피를, 많이 흘리고 쓰러지리라. 간단없는 의식의 조작이여, 네 죄가 진실로 크도다."

제우스의 목소리를 통해 작가는 20세기 이후 신으로 군림한 '이즘'(이데올로기)의 조작으로 짓밟힌 우리의 분단 현실을 날카롭게 알레고리화하고 있다.

권력을 업고 대중 위에 군림하고자 하는 얼룩 개구리, 이에 반대하며 자유로운 삶을 회복하고자 하는 초록 개구리, 주체성 없이 동료의 선동에 부화뇌동(附和雷同)하는 개구리들은 권력과 욕망으로 얼룩진 인간 삶의 요지경을 비유한 알레고리이다. 특히, 초록 개구리조차 제우스 신에게 의존하는 노예근성의 소유자로 설정한 점은 전후의 현실에 대한 작가의 절망적 인식을 잘 보여주는 대목이다. 하지만 초록 개구리를 통해 제우스(이즘)를 죽이는 결말은, '조작된 의식'에서 벗어날 때 비로소 완전한 자유와 해방을 얻을 수 있다는 주체성 회복의 열망을 함축하고 있는 장면이기도 하다.

진정한 의미의 절대적 존재(신)는 없는 것이며, 이는 의식이 만들어낸 허상에 불과하다는 「개구리」의 주제의식은, 혼란한 전후사회에 대한 통렬한 풍자라는 점에서 한국 알레고리 소설의 빼어난 성취라 할 수 있다.

06 손창섭의 「비오는 날」

비에 젖은 인생들의 음산한 뒷모습

해마다 6월이면 일상의 더께 위로 전쟁의 상처가 그 속살을 드러낸다. 6·25 전쟁은 우리에게 돌이킬 수 없는 큰 상처를 남겼다. 소설은 이러한 전쟁의 상처와 흔적을 어떻게 기억하고 있을까? 조금 에둘러 접근해 보자. 분단소설의 맨 앞자리에 놓이는 작품으로 최인훈의 「광장」(1960)을 꼽을 수 있다. '분단문학'은 조국의 분단과 관련된 소재를 다루면서 분단의 원인, 분단으로 야기된 비극적 삶, 좌우 이데올로기 대립 등을 중점적으로 형상화한 문학이라 정의할 수 있다. 분단문학의 중심에 한국전쟁이 자리 잡고 있음은 널리 알려진 사실이다. 이러한 분단문학의 최종 목표는 '문학'이라는 말 앞에 있는 '분단'을 지우는 일이다. 「광장」에서 작가는 분단 현실과 한국전쟁을 객관적인 시각으로 바라보며 이를 이데올로기의 문제로 해석하였다. 6·25 전쟁의 의미를 객관적으로 성찰하는 작가의식이 분단소설을 쓸 수 있는 한 계기가 셈이다. 그렇다면 전쟁의 참혹함에 알몸으로 노출된 소설은 어떠한가? 우리 소설사는 전후의 비참한 현실을 고통과 상처의 얼룩으로 형상화한 '전후소설'을 전쟁과 분단소설 사이에 자리매김하고 있다.

6·25 전쟁은 개인의 자유와 신념을 무자비하게 짓밟으며 삶의 부조리한 모순을 극명하게 표출한 민족사 최대의 비극이다. 이러한 비참한 현실을 포착한 전후소설은 크게 두 부류로 나눌 수 있다.

먼저, 개인의 의지와 절망적 현실 사이의 간극을 인정하고, 이를 좁히기 위해 끊임없이 노력하는 것이다. 우리에게 널리 알려진 황순원의 「학」, 하근찬의 「수난이대」 등이 여기에 해당하는데, 전쟁의 상처를 인간애(우정이나 가족애 등)로 치유하자는 의지를 표출하고 있다.

다음으로, 전쟁으로 폐허가 된 현실을 냉소와 환멸을 통해 비웃고 조롱하는 방식이다. 이는 세계를 합리적으로 이해하려고 노력했으나 그 세계가 끊임없이 개인의 자유의지를 밀어낼 때 취하는 태도의 하나이다. 부조리한 현실에 맞서 비합리적인 혹은 반합리적인 방식으로 대응하는 태도이다. 손창섭의 「비오는 날」, 장용학의 「요한 시집」 등이 대표적인 작품이다.

손창섭의 「비오는 날」이 놓인 자리를 가늠하기 위해 너무 멀리 돌아온 감이 없지 않지만, 기존의 한국소설과 뚜렷하게 구별되는 손창섭 소설의 새로움을 살펴보기 위해 지불해야 할 대가라 여기기로 하자.

누가 뭐래도 「비오는 날」의 주인공은 '비'다. 이야기가 진행되는 내내 비가 내린다. 작품의 줄거리는 간단하다. 화자(원구)는 6·25 전쟁 시기 피난지 부산에서 우연히 동욱을 만난다. 동욱·동옥 남매의 딱한 사정을 들은 원구는 이들의 집을 몇 번 방문한다. 그리고 헤어진다. 극적인 반전도 흥미로운 에피소드도 없다. 다만 '물탕에 젖어 꿀쩍거리는 신발 속처럼' '우울에 잠뿍 젖어 있는' 원구의 시선으로 이들 남매의 '비에 젖어 있는 인생'을 관찰하고 있을 따름이다. '비 내리는 날의 우중충한 분위기는 인물들의 남루한 삶과 황폐한 내면'을 오롯이 부각시키는 기능을 한다. 나아가 작품이 끝날 때까지 하염없이 내리는 비는 등장인물들의 비참한 현실이 끝내 해결되지 않으며, 이들의 미래는 아득한 절망으로 덮여 있다는 사실을 암시한다. 이러한 설정은 '발단-전개-위기-절정-결말'로 이어지는 단편소설 미학에 대한 거부의 의미로 해석할 수 있다. 손창섭은 작품을 지배하는 '비'의 이미지를 통해 암울한 시대 현실을 고발하고 있음은 물론, 기존의 소설 양식을 뒤집는 모험까지 시도하고 있는 것이다.

등장인물들의 삶 또한 비 내리는 날의 음산한 분위기와 잘 어울린다. 거리 행상으로 하루하루를 힘겹게 연명하는 원구, 미군부대를 찾아다니며 초상화 주문을 받아 삶을 이어가는 동욱, 그리고 '왼쪽 다리가 어린애의 손목같이 가늘고 짧'아 '일절 바깥출입을 않고 두더지처럼 방에 처박혀' 사는 동옥. 이들은 '인간 동물원에 수용된 짐승들'과

유사한 처지에 놓여 있다. '살아야 할 뚜렷한 이유도 없듯 죽어야 할 이유'도 없는 '충격적인 인간형'이다. 작가는, '언제든 배고프면 밥을 끓여 먹고, 밥 생각이 없는 날은 종일이라도 굶'는 '삼시의 구별'이 없는, 인간 이전의 '맨얼굴'을 창조한 것이다. 전쟁의 폭풍으로 뒤틀리고 왜곡된 현실과 그 속을 살아가는 사람들의 불구상태를 적나라하게 포착하고 있는 셈이다.

물론, 이 작품에서 인간다운 삶을 추구하려는 의지가 전혀 드러나지 않는 것은 아니다. 동욱·동옥 남매를 연민어린 시선으로 바라보는 원구의 모습이나, 원구가 '찾아갈 적마다 차츰 정상적인 데'로 돌아오는 듯이 보이는 동옥의 태도, 미래를 설계하기 위해 악착같이 돈을 모으는 동옥의 집착, 신학교에 입학하여 목사가 되려는 동욱의 꿈 등이 그 것이다. 하지만 이러한 소박한 의지는 너무나 연약하고 무기력해서 그 씨앗을 발아해 보기도 전에 '구약 성경에 나오는 대홍수'와 같은 현실의 중압감에 무참히 짓밟힌다.

'퍼붓는 비를 무릅쓰고' 동욱·동옥 남매를 찾아간 원구는 그들이 떠났다는 소식을 듣는다. 목사를 꿈꾸던 동욱은 군대에 끌려 나갔고, 억척스럽게 모았던 돈을 뒷방 주인에게 사기당해 보금자리마저 잃은 동옥은 사창가에 팔려갔음이 암시된다. 이러한 사실을 전해들은 원구의 내면고백으로 작품은 마무리된다.

얼굴이 고만큼 밴밴하고서야 어디 가 몸을 판들 굶어 죽기야 하겠느냐는 말에, 이상하게 원구는 정신이 번쩍 들어, 이놈 네가 동옥을 팔아먹었구나, 하고 대들 듯한 격분을 마음속 한구석에 의식하면서도, 천근의 무게로 내리누르는 듯한 육체의 중량을 감당할 수 없어 그는 말없이 발길을 돌이켰다. 이놈, 네가 동옥을 팔아먹었구나, 하는 흥분한 소리가 까마득히 먼 곳에서 자기를 향하고 날아오는 것 같은 착각에 오한을 느끼며, 원구는 호박 덩굴 우거진 밭두둑 길을 앓고 난 사람 모양 허전거리는 다리로 걸어 나가는 것이었다.

동욱·동옥 남매의 비에 젖은 우울한 삶을 지켜보면서 아무것도 할 수 없었던 원구의 자책이야말로, 개인의 힘으로는 어찌해 볼 수 없는 거대한 전쟁의 파도를 '인간 불신, 인간 모멸'의 관념으로 맞서려 한 작가의 마음을 대변하는 것이 아닐까?

전쟁이라는 '대홍수' 앞에 인간성을 상실해 가는 손창섭 인물들의 패배에 우리가 공감할 수 있는 것은, 이들의 좌절을 우울하게 감싸고 있는 작품 이면에 부조리한 삶의 허망함과 잔인함을 꿰뚫어보는 작가의 날카로운 역사의식이 드리워져 있기 때문이리라.

자유의 버섯

 장용학의 「요한 시집」은 토끼 우화로 이루어진 서(序) 부분과, 포로수용소에 갇혀 있던 '누혜'의 죽음을 다룬 본(本) 이야기 로 구성되어 있다.

먼저, 제목의 의미를 살펴보자. 「요한 시집」은 성서 『요한계시록』을 염두에 둔 작품이다. 요한은 누혜를, 파트모스 섬은 거제도 포로수용 소를, 계시록은 시집을 상징한다. 신의 계시를 받았다는 요한의 모습 은 참다운 인간 조건을 갈망하는 누혜의 모습(누혜는 누에로 불리기도 한 다. 번데기를 거쳐 나방으로 변신하는 누에는 '봉황새가 되어 용이 되어 저 푸른 하늘 저쪽'으로 날아가고 싶은 누혜의 마음을 표상한다)과 비슷하다. 예수의 길을 예비한 존재인 요한은 앞으로 '찾아올 그 무엇'을 위해 희생되는 누혜의 죽음과 대응된다.

작품의 앞부분에 제시된 토끼 우화는 '자유'의 의미에 대해 곱씹어보게 한다. 토끼는 굴에 살면서 자신의 생활에 만족한다. 하지만 그 공간이 자신을 구속하고 있다는 사실을 깨닫고 가느다란 빛을 따라 바깥세상으로 나아간다. 바깥세상에 발을 내딛는 순간 토끼는 눈이 멀고, 그 자리에서 쓰러져 죽을 때까지 움직이지 않는다. 이윽고 토끼가 죽었던 자리에 버섯이 자란다. 그 버섯은 '자유의 버섯'이 되어 동물들의 숭배를 받는다.

'자유의 버섯'은 토끼가 자유를 성취하였기 때문에 붙여진 이름이 아니다. 자신이 바라고 생각하는 자유를 얻고자 온몸으로 도전하고 그 모험을 회피하지 않았기 때문에 얻은 표현이다. 여기에는 자유는 성취할 수 있는 어떤 것이 아니라 얻고자 노력하는 그 무엇이라는 암시가 스며들어 있다. "'자유' 그것은 진실로 그 뒤에 올 그 무슨 '진자(眞者)'를 위하여 길을 외치는, 그 신발끈을 매어주고, 칼을 맞아 길가에 쓰러질 '요한'에 지나지 않았다."

흔히 인생을 시시포스의 고역에 비유하곤 한다. 떨어질 줄 알면서도 바위를 굴려 올려야 하는 시시포스의 형벌, '현실 속에서 현실 너머'를 꿈꾸는 인간의 모순된 운명과도 닮은꼴이다. 포로수용소에서 자유를 위해 죽음을 택한 '인민의 영웅', 누혜는 시시포스의 운명을 떠올리게 하는 인물이다. 누혜는 자유를 위해 죽음을 택한다. 그에게 학교는 '벌의 집'이었다. 누혜는 이러한 벌에서 죄를 배운다. 60초부터는 지각이고 50초부터는 지각이 아니라는 이율배반적인 규칙, 교복 단추가 모두 다섯 개씩이라는 획일화된 모습 등 누혜는 학교의 '무서운 사실투성이'들을 경험하면서 '자율'이라는 모토를 가지게 되었다. 하지만 자유로워지려고 노력하면 할수록 더욱 자유롭지 못함을 깨닫게 되고 결국 자살을 하게 된다.

바깥세계의 빛에 의해 눈이 멀고 죽음에 이르게 되는 토끼와, 진정한 자유가 없음에 절망을 느끼고 자살하는 누혜는 한몸인 셈이다.

누혜가 자살한 장소인 '철조망'은 이 작품의 주제의식을 표출하는 상징적인 공간이다. 철조망은 '구속(섬. 현실)'과 '자유(바다. 현실 너머)'의 경계선이다. 현실 너머에 대한 동경(자유)이 없다면 현실의 구속(섬)을 느끼지 못한다. 인간의 불행은 여기에서 싹튼다. 결코 닿을 수 없지만 끝없이 가려고 하는 것이 인간 존재의 모순된 운명이다. 마치 굴러 떨어질 줄 알면서도 산꼭대기로 바위를 밀어 올리는 시시포스의 무모한 노동처럼 말이다. 따라서 철조망은 자유의 바다로 나아가는 입구이자 구속의 섬을 벗어나는 이정표이다. 누혜는 거기에 목을 맨다. 하지만 누혜의 자살은 그 어떤 현실적인 대안을 제공하지 못한다. 섬 바깥의 상황 또한 섬 안의 상황과 그리 다를 바 없기 때문이다. 인간은 스스로를 해방시키기 위해 이데올로기를 선택하고 급기야 전쟁까지 일으켰지만 결국 그 전쟁으로 인해 자신을 희생시키는 최악의 결과를 초래했다. 집단의 질서에 복종하는 자들만이 살아남고 개개인의 개성과 자유는 말살되고 만다. 누혜는 타율에 의한 삶이 아닌 자신의 선택에 의해 결정되는 주체적인 삶이야말로 진정한 자유임을 깨닫게 된다. 주체적이지 못한 삶의 모습을 보여주는 단적인 예가 '누혜의 어머니'이다. 고양이가 물어다 주는 쥐를 먹으며 생명의 끈을 이어가는 노파는 '인간의 체면'을 더럽히는 존재이다. 화자(동호)는 이러한 삶에 구역질과 분노의 감정을 느낀다.

「요한 시집」이 던지는 메시지는 분명 극단적이고 자극적이다. 한계 상황에서 자행되는 비인간적 행위, 기괴하고 그로테스크한 상황 묘사, 추상적이고 관념적인 의식의 나열, 자살이라는 극단적인 선택 등은 읽는 이의 뒷맛을 개운치 못하게 한다.

하지만 이 작품은 60여 년이라는 시간의 간극을 넘어 인간의 실존적 삶과 자유의 본질적 의미에 관한 문제를 제기한다. 우리들 또한 태어나면서부터 가정, 사회, 국가로부터 주입된 획일화된 규칙, 법, 윤리, 이데올로기 등으로부터 자유롭지 못하다. 자신이 자유롭다고 말할 수 있는 사람은 거의 없을 것이다.

자유냐 구속이냐? 문제는 간단치 않다. 자유에는 불확실한 미래에 대한 두려움이 뒤따르고, 구속에는 편안하고 안정된 일상적 삶이 보장되어 있다. 하지만 미지의 세계를 향해 모험을 떠나는 존재야말로 인류 문명의 창조자가 아니었던가. 일상에 안주하지 않고 늘 새로운 모험을 꿈꾸는 '문제적 주인공'들의 험난한 여정이야말로 우리의 삶과 문학을 살찌우는 마르지 않는 자양분이다.

누혜(토끼)의 죽음에서 '자살'이라는 선택의 극단성만을 강조하지 말자. 현실에서는 도저히 일어날 수 없는, 나아가 도저히 이해할 수 없는 일들이 눈앞에서 태연히 벌어지고 있는 극한 상황(전쟁)에서 인간은 무엇을 할 수 있는가? 살아남기 위해 '인간의 한계를 넘는 싸움'을 자행하고, 심지어 '인간에 대한 마지막 신앙'인 '죽음'마저도 내팽개치는 '인간 밖'에서 일어나는 아비규환의 장에서 인간이고자 하는 사람이 할 수 있는 일은 무엇인가? 이러한 현장에서 누혜가 온몸을 던져 얻으려고 한 인간적 '자유'의 의미에 주목한다면, 우리는 수동적이고 무기력한 삶에서 주체적이고 능동적인 삶으로 나아가는 오솔길 하나를 발견할 수 있을 것이다.

"새는 알에서 나오려고 투쟁한다. 알은 세계이다. 태어나려는 자는 하나의 세계를 깨뜨려야 한다."

(헤르만 헤세, 『데미안』)

극한 상황에 맞서는 인간의 의지

오상원은 대표적인 전후세대 작가의 하나이다. 우리 문학사에서 전후세대는 한국전쟁이 끝난 직후 등단해서 자신의 독특한 체험에 바탕한 개성으로 전쟁의 의미와 영향을 문제시한 작가들을 지칭한다. 손창섭, 장용학, 선우휘, 이호철, 이범선, 하근찬, 김성한, 서기원 등이 여기에 해당한다. 이들은 전쟁의 참상과 전후의 암울한 현실을 다양한 방식으로 형상화함으로써 1950년대 우리의 현실을 효과적으로 증언하고 있다.

오상원의 「유예」는 인민군의 포로가 되어 총살을 당하게 된 국군 장교가 이러한 극한 상황 속에서 어떻게 주어진 현실과 대결해 나가는가를 포착하고 있는 작품이다. 여타의 전후세대 작가들과 구별되는 오상원 특유의 개성은 그의 등단작 「유예」에서 잘 드러난다. 이 작품은 '짧은 단문을 중심으로 이루어져 긴박감을 높이는 문장과, 총살

직전의 단편적인 회상을 통해 상황을 드러내는 독특한 구성, 그리고 철저하게 주인공의 내면을 표출하는 의식의 흐름이라는 기법을 사용하고 있다는 점'에서 높은 평가를 받는다.

먼저, 극한 상황에 처한 인물 설정을 통해 인간 삶의 근원적인 문제를 제기하고 있다는 점을 살펴보자. 이러한 상황에 처한 인물들의 삶은 많은 사람들의 관심을 불러일으키기에 충분하다. 삶과 죽음의 갈림길에서 그가 살아온 인생이 한 순간으로 압축되기 때문이다. 죽기 전 몇 초 동안에 살아온 삶 전체가 파노라마 영상처럼 스쳐간다고 하지 않던가. 이처럼 죽음을 목전에 둔 극한 상황은 삶의 의미와 본질에 대한 근본적인 질문을 던지게 한다. 우리는 이 작품을 통해 화자(작가)의 삶 전체를 한눈에 보는 행운을 누리는 셈이다. 주인공에게 삶은 죽음을 앞둔 '한 시간'의 '유예', 즉 유보 시간일 뿐이다. 작가는 이 '한 시간'의 압축된 상황을 통해 전쟁의 참혹함과 이로 인해 파괴되는 인간의 존엄성, 그리고 이에 맞서는 인간의 의지를 효과적으로 형상화하고 있다.

다음으로, 전쟁의 부조리함에 맞서는 인간 존재의 내면을 드러내기 위해 '의식의 흐름' 기법을 도입하고 있다는 사실에 주목해 보자. 의식의 흐름 기법은 주인공의 의식 속에 흐르고 있는 여러 가지 생각의 파편들을 현재형으로 제시함으로써 그의 행동이나 사건을 간접화하는 방식을 의미한다. 주로 인물의 심리적 독백을 통하여 사건이나 행동이 주관화되는 경향이 있으며, 대화나 묘사 또한 인물의 의식 속에서 재구성된다. 이에 따라 주인공이 처한 상황에 대한 의식이 뚜렷하게 부각된다. '과거 → 현재 → 미래'의 순차적 시간 또한 의식의 흐름 속에 뒤섞인다. 1인칭 독백 형식과 현재형에 의한 진술을 통해 작가는 극한 상황에 처한 인물의 생생한 내면을 드러내는 동시에 이를 파괴하는 전쟁의 비정함을 고조시키는 데 성공하고 있다. 작가는 개인의 힘으로는 어찌할 수 없는 극한 상황 속에서, 존재의 의미를 곱씹으며 자신의 의지로 죽음의 길을 선택하는 주인공의 내면을 의식의 흐름 기법을 통해 탁월하게 포착하고 있는 셈이다. 주제의식과 가장 잘 맞는 서술 기법을 선택한 것이다.

마지막으로, 작가는 자연(눈)의 이미지와 전쟁의 비극성을 대비시킴으로써 비정한 인간의 폭력성을 정화시키고자 한다.

걸음걸이는 그의 의지처럼 또한 정확했다. 아무리 한 걸음 한 걸음 다가가는 걸음걸이가 죽음에 근접하여 가는 마지막 길일지라도 결코 허튼, 불안한, 절망적인 것일 수는 없었다. 흰 눈, 그 속을 걷고 있다. 훤칠히 트인 벌판 너머로, 마주 선 언덕, 흰 눈이다. 연발하는 총성, 마치 외부 세계의 잡음만 같다. 아니, 아무것도 아닌 것이다. 그는 흰 속을 그대로 한 걸음 한 걸음 정확히 걸어가고 있었다. 눈 속에 부서지는 발자국 소리가 어렴풋이 들려온다. 두런두런 이야기 소리가 난다. 누가 뒤통수를 잡아 일으키는 것 같다. 뒤 허리에 충격을 느꼈다. 아니, 아무것도 아니다. 아무것도 아닌 것이다.

　흰 눈이 회색빛으로 흩어지다가 점점 어두워 간다. 모든 것은 끝난 것이다. 놈들은 멋쩍게 총을 다시 거꾸로 둘러메고 본부로 돌아들 갈 테지. 눈을 털고 주위에 손을 비벼 가며 방 안으로 들어갈 것이다. 몇 분 후면 화롯불에 손을 녹이며 아무 일도 없었던 듯 담배들을 말아 피우고 기지개를 할 것이다. 누가 죽었건 지나가고 나면 아무것도 아니다. 모두 평범한 일인 것이다. 의식이 점점 그로부터 어두워 갔다. 흰 눈 위다. 햇볕이 따스히 눈 위에 부서진다.

이 작품에서 '눈'은 여러 의미를 함축하고 있다. 적진 깊숙이 침투하여 길을 잃은 상황에서 '휘몰아치는 눈보라'는 기아와 추위를 동반하는 자연(고난)의 이미지로 다가온다. 하지만 인용문의 '흰 눈'은 무(無)의 이미지, 즉 '아무것도 아닌 것이다'라는 주인공의 단호한 독백과 연결되며, 전쟁의 비정함과 황폐함을 무화시키는 이미지로 기능한다. 동시에, 지옥과도 같은 현실의 상황을 벗어나 '가슴이 탁 트이는' 순백의 세계로 비상하고자 하는 주인공의 투명한 '의지'를 상징하기도 한다. 또한 '붉은 피'와 대비되는 '하이얀 눈'의 이미지는 전쟁의 폭력에 희생되는 개인의 비극을 부각시키는 역할을 한다. 이처럼 '눈'의 이미지는 극한 상황의 극한성을 더욱 선명하게 드러내는 기능을 한다.

작가는 이러한 눈(자연)의 이미지와, 총살을 끝내고 본부로 돌아가 '눈을 털고' '화롯불에 손을 녹이며 아무 일도 없었던 듯 담배들을 말아 피우고 기지개'를 켜는 인민군의 모습을 포개어 놓는다. 전쟁이, 사람을 죽이는 일이 '누가 죽었건 지나가고 나면 아무것도 아'닌, 그저 '평범한 일'로 되는 현실을 작가는 가장 경계하고 있는지도 모른다. 이러한 메말라가는 인간성과 포개지는, '흰 눈 위다. 햇볕이 따스히 눈 위에 부서진다.'는 서정적 표현은, 자연의 순정함을 통해 비정한 인간의 폭력성을 정화시키는 대목이라 할 수 있다.

오상원의 「유예」는 섬뜩하면서도 아름다운 작품이다.

맹목적 경쟁 심리의 본질

전광용의 「사수」는 6·25 전쟁 시기를 배경으로 친구 사이에 내재한 미묘한 경쟁 심리를 집요하게 탐색한 작품이다. 죽마고우(竹馬故友)의 사형 집행에 참여한 충격으로 기절한 주인공이 깨어나는 장면에서 소설은 시작된다. 이후 화자는 자신이 현재의 상황에 이르기까지의 과정을 몇 가지 사건을 중심으로 회상한다. 이른바 역순행적 구성이다. 현재와 과거가 교차되며 진행되는 역순행적 구성은 지난 사건을 곱씹어보는 인물의 심리를 효과적으로 드러내는 데 기여하고 있다.

B와의 경쟁의식이 싹트는 첫 번째 장면을 살펴보자. 수업 중 한눈을 판 화자와 B는 '곰이라는 별명을 가진 뚱뚱보 선생'에게 발각되어 서로의 뺨을 때리는 비인간적인 처벌을 받는다. 선생의 강압에 의해 뺨을 때리는 강도가 점차 거세진다. 부당한 처벌을 한 선생에 대한 반감

이 아무런 감정도 없던 친구 사이로 옮겨진다. 뺨을 때릴수록 서로에 대한 적대감은 강해진다. 이쯤 되면 왜 친구의 뺨을 때려야 하는지에 대한 생각도 없어진다. '아무 근거도 없는 승부'가 되는 셈이다. 외부적 힘에 의한 폭력(선생님의 강압)이 화자와 B사이에 이유 없는 경쟁의식을 부추기는 양상이다. 이는 외세의 개입으로 분단된 우리의 현실을 비유하는 장면으로 읽을 수 있다. 남과 북은 이런 방식으로 서로의 뺨을 때리며 승부욕을 불태웠던 것이다. 화자가 '시뻘건 코피'를 흘린 탓에 처벌은 중단된다. 마지막으로 B의 뺨을 때리지 못한 주인공은 자신이 패배했다고 생각한다.

화자는 경희를 사이에 두고 B와 두 번째 대결을 벌인다. 화자가 경희와 약혼하고 싶다고 하자 B도 그렇다고 대답한다. 나아가 B는 의외의 제안을 한다. 상대편을 나무 옆에 세워두고 귀 높이로 나무통 가운데를 정확하게 맞히는 쪽이 경희를 차지하자는 것이다. 화자가 쏜 총알은 B의 귀보다 조금 높았으나 나무통 가운데를 정확하게 맞혔다. 하지만 B가 쏜 총알은 화자의 오른쪽 귓불을 스친다. 화자는 비명을 지르며 주저앉고 만다. 경희를 향한 B의 마음이 친구의 귓불을 스치게 할 정도로 절실했던 것이다. 이러한 B의 집요한 승부욕은 결국 경희를 아내로 맞이하게 한다. 전쟁 중 화자의 행방이 묘연해지자 경희는 평소 잘 알고 지내며 의지하던 B와 결혼한 것이다. 화자는 전쟁이라는 상황 때문에 벌어진 운명의 장난이라고 여기며 이러한 사실을 받아들인다. 그

청소년을 위한 키워드로 이해하는 한국소설 50선

는 두 번째 대결에서도 B에게 졌다고 생각한다.

그렇다면 마지막 대결은 어떠한가? 경희의 남편이 된 B가 적을 이롭게 하는 모반(謀反) 혐의로 구속되어 사형이 선고된다. 공교롭게도 화자가 사형 집행의 사수로 지명된다. 한 번도 졌다고 항복한 적이 없었던 B와 늘 양보하는 처지에 있었다고 여기는 화자가 사형수와 집행자의 모습으로 마주하고 있는 셈이다. 승부에서 패배하기만 했던 화자는 이 마지막 대결의 순간, '복수의 만족감 같은 회심의 미소'를 지으며 최종 승부에서 결국 자신이 이겼다는 쾌감을 느낀다. 물론 이러한 '차디찬 의식'은 곧 부정된다. 하지만 소용없다. B와 대결하고 있다는 자의식이 화자의 뇌리를 한순간도 떠나지 않고 있었기 때문이다.

하여 이 작품에서는 화자와 B의 대결 그 자체는 그리 중요하지 않다. 화자는 B와의 치열한 경쟁이 서로가 원한 의식적인 적대 행위가 아니라 외부적인 조건이 강요한 불가피한 운명이라는 사실을 잘 알고 있다. B는 화자가 살아온 30년 세월 동안 이해관계를 초월해서 마음속에 새겨진 가장 오랜 친구이다. 이렇듯 화자는 이미 B와의 대결이 무의미하고 부조리하다는 사실을 깨닫고 있었다. '왜', '무엇을' 위해 경쟁하는가에 대한 목적의식 없이 오직 승패에만 집착한 대결이었기 때문이다. B와의 경쟁이 무의미하다는 사실을 알고 있음에도 어쩔 수 없이 거기에 매달릴 수밖에 없는 모순된 심정. 이러한 화자의 내면적 갈등이 이 작품의 진정한 주제이다.

그렇다면 작가는 이 갈등을 어떻게 처리하고 있는가? '내가 이겼는지, B가 이겼는지, 내가 이겼어도 비굴하게 이긴 것만 같은 몽롱한 속에서' '깊은 잠'에 떨어지고 있는 화자는 작품의 마지막 순간까지 B와의 대결의식에서 벗어나지 못하고 있다. 따라서 화자는 B에게 진 것이 아니라 자신과의 싸움에게 패배한 것이다. 작가는 B와의 승부욕에 사로잡힌 걷잡을 수 없는 마음과, 이러한 맹목적 경쟁을 초월하려는 의지 사이에서 갈등하는 화자의 모습을 통해 인간 본연의 순수성을 훼손하는 경쟁 심리의 본질을 날카롭게 비판하고 있다. 전광용의 「사수」가 무한경쟁을 모토로 삼는 우리 시대의 현실을 되돌아보게 하는 지점은 바로 여기이다.

어떻게 살 것인가?

진로에 대한 고민으로 머리가 어지러웠던 시절, 다음과 같은 의문이 꼬리에 꼬리를 물곤 했다. '선생님은 수업하시는 것이 즐거울까?' '기사 아저씨는 운전하는 것이 재미있을까?' '밥하고 빨래하는 것이 어머니에게 보람 있는 노동일까?' '그들이 학창시절 꿈꾸었던 미래는 무엇일까? 하고 싶은 일을 하면서 하루하루를 살아가고 있는 것일까, 아니면 먹고 살기 위해 어쩔 수 없이 일을 하고 있는 것일까?' 그렇다면 '행복한 삶을 규정하는 요소는 무엇일까?' 이러한 의문에 휩싸여 있던 시절 안수길의 「제3인간형」을 접했다. 충격이었다. 내가 고민하고 있는 '어떻게 살 것인가?'의 문제를 소설의 방식으로 모색하고 있는 것처럼 보였다. 분명 당시에는 그랬다. 30여 년 전의 이야긴데 어쩌면 이렇게 나의 고민을 꿰뚫어보고 있는 듯한 느낌이 드는 것일까? 시·공을 넘나드는 문학의 저력을 실감한 예라 할 수 있겠다.

이번 기회에 이 작품을 다시 읽게 되었다. 그때의 느낌이 고스란히 되살아났다. '어떻게 살 것인가?'의 문제는 평생 짊어지고 가야 할 인생의 화두이기 때문이리라.

「제3인간형」은 6·25전쟁을 전후한 시기 치열한 삶을 살았던 세 인물의 인생 여정을, 이상과 현실, 꿈과 일상, 문학과 돈 등의 긴장으로 포착한 작품이다.

먼저, '조운'의 삶의 궤적을 따라가보자. 전쟁이 일어나기 전 조운은 개성이 뚜렷한 작가였다. '독특한 철학적 명제를, 그것을 담는 난삽한 문체에 고집하는' '문학에 대한 결백성'으로 똘똘 뭉친 작가였다. '무엇이 깃들어 있는 것 같은 풍모와 작품'은 '범속한 것'을 싫어하는 '문학소녀들'의 선망의 대상이 되었다. 반면, 그의 '난해한 문장'은 일반 독자들의 호응을 얻지 못했으며, 현실과 동떨어진 관념의 문학관은 '가정을 돌보지 않는 것'을 합리화하는 계기로 기능했다. 이러한 조운의 삶은 문학소녀 '미이'에게 '속세적(俗世的)인 것에 초연'하고 '인생에 대한 상장(喪章)'의 의미를 지니는 '검정 넥타이'의 이미지로 다가온다. 검정 넥타이는 세속적 현실과 타협하지 않는 신념·이상·꿈 등을 상징한다. 그러던 와중에 6·25전쟁이 터진다. '몇 대(代)가 나고 죽고, 장가가고 시집가고, 환갑 진갑을 치렀을 집들이 실로 삽시간에 날아가 폐허가 되고' '사람의 목숨'이 '파리의 것'같이 취급되는 전쟁의 참상을 경험한 조운은 이 충격 속에서 '인생에 대하여 극도로 겸허해지고 용기가 없어진'다. 그리고 '죽지 않고 살아나게 되면 다음 시기에는 인생을 까다롭게, 그리고 이맛살을 찡그리고 살'지는 않을 것이라 결심한다. 전쟁의 충격이 이전의 관념적 문학관을 붕괴시킨 셈이다. 이후 그는 자동차 운수업에 손을 대 크게 성공한다. 그리고 자신도 모르는 사이에 '돈'의 세계로 미끄러져 들어간다. 처음에는 이러한 삶에 대한 '일종의 자책'도 있었으나 곧 편안하고 안락한 생활의 늪으로 빠져든다. '정신적인 타락의 길'을 걷고 있던 조운은 '미이와의 재회'를 통해 삶의 의미를 성찰하기 시작한다. 그는 옛 친구 '석'을 찾아 자신의 삶을 되돌아보게 된다.

다음으로 '미이'의 모습을 살펴보자. 미이는 문학에의 꿈을 좇아 과감하게 전공을 바꾼 '문학소녀'였다. 그녀는 '부유한 가정'에서 자라 티 없이 맑고 명랑한 성격을 지녔다는 점에서 조운의 모습과 대비된다. 조운이 '지도만 잘하면 쓸모 있겠다고 생각'할 정도로 문학적 재능도 지니고 있다. 이러한 미이의 성격은 전쟁을 겪으며 급격하게 변모한다. 어떻게 지냈냐는 조운의 물음에, '오빠 행방불명, 아버진 반신불수, 집은 재가 되구'라고 답변하는 모습에서 그녀가 처한 상황을 짐작할 수 있다. '인생이 즐겁고 고마워 못 견디겠'다던 문학소녀가 삶에 대해 '비관도 낙관'도 하지 않는 생활인으로 바뀐 것이다. 그녀는 다방을 차려주겠다는 조운의 제의에, 이 세상에서 자신이 할 수 있는 일을 찾아보겠다는 의지와 함께, 검정 넥타이를 보내는 것으로 거절의 의사를 밝힌다. 간호 장교는 '생활 방편'이라기보다는 시대적 사명을 모색하는 과정에서 찾은 직업이다. 이러한 미이의 행동은 조운에게 큰 충격을 안긴다.

한편, 미이의 모습은 화자인 '석'의 삶 또한 뿌리째 흔든다. 작가의 모습을 대변하는 석은 전쟁의 소용돌이 속에서 '이십 년, 마음의 지주였고 생활의 목표'였던 문학의 길을 떠나 생활의 방편으로 교편을 잡은 인물이다. 생활(직업)과 문학(꿈) 사이에서 '엉거주춤'한 석의 내면은 공허함으로 가득 차 있다.

> 직업에도 충실하지 못하고 자신에도 엉거주춤하고, 이러한 자책의 채찍을 맞으면서, 석은 점심밥 그릇과 원고지권이 함께 들어 있는 무거운 책가방을 들고, 벌써 십여 개월 날마다 삭막한 통근 코스를 흐리터분한 분위기 속에 학교에 왔다 갔다 하였다. 초조감만 북돋아졌다. 그러나 그럴수록 마음은 공허해 간다.

그러던 차 미이의 사연을 듣고 '그러면 나는?', '사명을 포기하지도 그것에 충실하지도 못하고 말라가는 나는?' 하고 자책하는 석의 모습이야말로 꿈과 현실 사이에서 길을 잃고 방황하는 현대인의 모습이 아닐까?

조금 더 곱씹어보아야 할 대목은 전쟁 이전의 조운 혹은 석의 모습이 바람직한 삶의 표본으로 받아들여져서는 곤란하다는 점이다. 엄밀히 말해 조운을 지탱한 문학적 삶은 가정과 생활을 소홀히 여기면서 자신의 꿈만 좇은 허약한 관념의 세계였고, 석이 소중히 여기는 문학 또한 현실적인 문제에 '흥미와 정열'을 느끼지 못하는, 그 자체로 독자성을 지니는 '순수문학'의 영역에 한정된 것이었기 때문이다. 행복한 삶이 이상(꿈)과 현실(생활)의 조화에 있다고 할 때, 이들의 삶은 전자에 무게중심을 두고 있는 셈이다. 전후 미이가 선택한 삶 또한 동일한 방식으로 이야기할 수 있겠다. 그녀는 시대적 사명(현실)을 위해 꿈(문학)을 포기한 삶(간호 장교의 길)을 선택하였다. 미이의 선택이 숭고하지만, 한편으로 안타깝게 느껴지는 이유도 이와 무관하지 않다.

좋은 대학에 진학하여 원하는 직장을 얻고자 하는 주된 이유는 생활(현실)과 꿈(이상)을 일치시키기 위해서일 것이다. 자신의 적성에 맞는 전공을 찾아, 하고 싶은 일을 하면서 생계를 유지하는 것이야말로 가장 행복한 삶의 하나가 아닐까?

이 너무나 당연해서 잊어버리기 쉬운 삶의 진실을, 끝까지 부여잡고 시지포스의 고역을 마다하지 않는 인물들이 그려져 있기에, 「제3인간형」이 던지는 메시지가 오늘날까지 진한 여운을 남기는 것인지도 모른다.

2. 분단과 통일

분단의 상처를 넘어 통일로!

우화로 읽는 현대사

정한숙은 '동학운동 같은 과거의 사실부터 해방기의 분열과 이데올로기 대립, 전쟁의 참상과 가난, 현대사회에서의 부정부패와 타락한 현실에 대한 관심 등 우리 민족사의 중요한 사건을 소재로 한 작품'을 많이 남겼다. '형식적'으로는 '설화와 민요, 고전문학' 등 전통적 요소를 차용하여 현대적으로 활용하기도 하고, '우화 형식이나 의식의 흐름 수법'을 즐겨 사용하기도 했다. 이른바 '민족적 현실과 현대사의 질곡'을 다양한 형식으로 포착한 작가의 하나이다.

정한숙의 「닭장 관리」는 우리의 암울했던 현대사를, '닭장'과 이를 관리하는 '관리인'의 비유를 통해 형상화한 우화 소설이다. 이 작품에서 '닭'은 우리 민족, '닭장'은 한반도, '관리인'은 한반도를 강점하고 분할 점령한 일본, 미국, 소련 등의 외세를 상징한다. '늙은 수탉'이나 '젊은 수탉'은 무능력하고 무기력했던 민족의 지도자를 비유하고 있다. 작가는 외세와 독재자들에 의해 유린된, 일제강점기에서 분단과 전쟁에 이르는 우리 근·현대사의 비극을 '닭장 관리'라는 우화적 이야기를 통해 재현하고 있는 셈이다.

우화 소설을 읽으면서 유의해야 할 점은 구체적 현실(우리의 현대사)과 비유된 이야기(닭장 관리) 사이의 관계를 통해 작가의 의도를 파악하는 것이다. 비유적으로 표현된 이야기가 구체적 현실과 어떤 연관성을 지니고 있는가를 살펴봐야 한다.「닭장 관리」에서는 비유적 이야기가 현대사의 모습과 별다른 차이 없이 그대로 전개되고 있다. 역사 교과서를 읽는 듯한 느낌이 들 정도이다. '닭을 위하여 닭장이 있는 것이 아니고 관리인들을 위한 닭장'이 있을 뿐이다. 작가는 외세의 지배적인 영향 하에 무기력했던 한반도의 비극적 현실을 냉정한 시각으로 포착하고 있다. 우리 민족으로 비유된 '닭'들의 삶은, 관리인들의 전지전능한 권위에 눌려 존재감조차 찾기 어렵다.

이러한 절망적 상황에서 작가는 다음과 같은 '전설'을 수놓으며 희망의 메시지를 던진다.

나날이 불어만 가는 많은 닭 속에서 한 쌍의 학이 날아올라 그 학이 푸른 하늘빛을 받아 닭 모양을 한 한 쌍의 봉황새가 되어 다시 날아 내려 어둠이 깔리는 오동나무 가지에 앉아 울면 날은 새어 마을엔 새 아침이 온다고…….

터무니없는 소리 같지만 누구나 그것이 자기 소망이었던 까닭에 이

　전설을 믿는다.

　작품 속에서 위의 전설은 여러 번 환기되다가 스러진다. 먼저 첫 번
째 관리인(일본 제국주의)이 '패가망신'하고 '막대한 빚'까지 짊어지게 되
어 '닭장 관리권'을 내놓을 때이다. 해방 즈음이다. 하지만 곧 새롭게
등장한 관리인(미국과 소련)들에 의해 전설은 빛을 잃고 만다. 새로운 관
리인들은 닭장을 남북으로 나누어 각자 관리한다. 북쪽은 집단주의적
(공산주의), 남쪽은 자유주의적(자본주의) 관리법이 시행된다.

　이윽고 남쪽에서 '어느 독재 왕국의 군주' 같은 '늙은 수탉'(지도자)이
등장한다. 관리인은 이 늙은 수탉의 횡포를 알면서도 그냥 내버려둔다.
곧이어 이 늙은 수탉에 저항하는 '날씬하게 생긴 수탉'(시인)이 등장한
다. 이 젊은 수탉이 등장했을 때 두 번째 전설이 환기된다. 닭들은 젊
은 수탉의 모습에서 '봉황새'의 전설을 떠올리고 '목을 길게 뽑고' 그를
우러러본다. 젊은 수탉은 천장의 구멍을 통해 밖으로 나가 '남북의 경
계선이 되어 있는 닭장 위에 올라앉아 홰를 치며 목을 뽑고' 아래를 굽
어본다. 그 순간 그 모습이 흡사 '봉황' 같아 보이기도 했다. 하지만 역
시 그것은 한 놈의 수탉에 불과했다. 젊은 수탉은 북쪽 닭장으로 넘어
간다.

　이후 닭장에서는 '큰 소란'이 일어난다. 북쪽의 닭들이 가로막아 놓

았던 벽과 철조망을 뚫고 남쪽으로 침범해 온 것이다. 이른바 전쟁이 일어난 것이다. 북쪽 관리인과 남쪽 관리인은 협상을 통해 '전번과 비슷하게 선을 그어 표지를 하기로 서로 약속'한다. 다시 분단선이 그어진 셈이다.

'무질서한 자유'가 싫어 북쪽으로 넘어갔던 '젊은 수탉'은 '울 수 있었던 자유마저 빼앗기고' 절망한다. 이 수탉은 북쪽의 관리 방식에 적응하지 못하고 '아니꼽고 못마땅한 그런 불평불만이 아니라 아침이 밝아올 때 홰를 치며 울던' '본연의 울음소리'를 내다가 관리인에 의해 도살되고 튀겨진다. 이 수탉의 모습은 '독재자'를 피해 다른 '독재의 품'으로 갔다가 결국 '독재자의 손에 처형'된 어느 시인의 이미지와 겹쳐진다.

이 젊은 수탉의 죽음과 함께, '관리인에겐 환한 낮인지 몰라도 닭들에겐 언제까지나 가시지 않는 어둠'만이 존재할 뿐인 닭장 주변에 다시 전설이 떠돈다.

날아오른 닭이 학이 되었다. 그 학이 다시 한 쌍의 봉황으로 변하여 오동나무에 앉아 울면 날이 새고 동이 트리라.

「닭장 관리」에서 작가는 민중들(닭)의 삶과 동떨어진 채 전개된 우리의 절망적 현대사를 고발함과 동시에, 어둠만이 존재하는 한반도(닭장)에 희미한 희망의 씨앗(전설)을 뿌리고 있다. 이 전설은 자신의 삶 혹은 의지와 무관하게 진행된 역사 속에서 고통 받는 닭들의 상처를 보듬는 따스한 손길이 되고 있다.

부끄러운 역사의 현장

「양과자갑」은 일제강점기라는 터널을 통과하여 해방의 길에 들어선 우리 근대사의 현장을 생생하게 재현하고 있는 작품이다. '한국 사실주의 문학의 최고봉'이라는 명성에 걸맞게 염상섭은 당시의 암울한 현실을 한 치의 가감도 없이 '있는 그대로' 보여주고 있다. 이 작품에 그려진 부끄러운 자화상은 현재에도 여전히 유효한 의미를 지니는데, 이는 '지금 여기'의 삶을 성찰하는 거울의 역할을 하기에 부족함이 없다.

해방 후 일본인이 물러가면서 남겨두고 간 적산가옥 뒤채에 세 들어 사는 한 가족이 있다. 방을 비우고 나가라는 주인집의 독촉을 받고 있는 절박한 처지이다. 가장인 영수는 미국에서 유학하고 돌아온 영문학자이다. 그는 해방 직후의 혼란기에 미국에 빌붙어 자기 잇속 차리기에 급급한 사람들의 모습을 못마땅하게 여긴다. 그에게 영어는 '벼

슬'이나 '통역'의 수단이 아니라 오로지 학문의 도구이다. '미국 유학한 덕, 영어 잘하는 덕'으로 남들같이 '주변성 있게 서둘렀으면' '집 한 채 못 얻어걸릴 것'도 아니었지만, 그는 '대학에 시간 강사로 몇 시간' 나가는 것밖에는 '밤낮 죽치고' 집에 '들어앉아' '꼬장꼬장'하게 '세상 한탄'만 하고 있다. 이해 못할 바도 아니다. 안채는 '일본 사람'이 경영하던 '여관' 같은 '크낙한' 집인데, '미군이 쓴다고 해서 부랴부랴' 내놓은 저택이다. 주인집은 '미군들의 놀이터'인 '양요릿집'이나 '호텔 같은 것'을 만들겠다고 미군정에 부탁을 해서 집을 공짜로 불하받았다. 영수에게는 '모리배의 소굴'이나 '강도단 도박단의 소굴' 쯤으로 보인다. 이렇듯 새로운 권력으로 부상한 미국에 잘 보이면 모든 일이 일사천리로 진행된다. 영어는 출세의 보증수표이다. 하여, 주인집 사람들은 영수의 집으로 '영어' '비럭질'을 온다. 영수가 보기에 답답한 일이 아닐 수 없다.

하지만 영수 아내의 입장에서는 주인집의 영문 번역 요청을 단호하게 거절할 수 없다. 그들에게 잘못 보였다가는 당장 쫓겨날지도 모르기 때문이다. 하여 그녀는 'L 여중학'에 다니는 딸 보배에게 번역을 부탁한다. 보배는 주인집 딸 앞으로 온 영문 편지를 읽어주기도 한다. 이에 대한 보답으로 '안채의 딸'이 '양과자'를 선물한다. 영수의 아내는 '영어 덕'을 보았다고, 나아가 방을 비우라는 주인집의 성화를 면하게 되었다고 안도한다.

집에 돌아와 사연을 들은 영수는 '이게 무엇인지' 그리고 '이게 어떻게 생긴 것'인지 아느냐고 벌컥 화를 내면서 '과자갑'을 안채 쪽으로 던져버린다. 미국에 빌붙어 부정한 방법으로 잇속을 챙기는 주인집의 행위에 동조했다고 여겨졌기 때문이다.

하지만 '보배 어머니'는 '도적질이나 하러 들어가듯이, 흘끔흘끔 안채를 엿보며 발소리를 죽이고 가서 과자갑을 집어 들고 단걸음'에 나온다.

"그럼 어쩌니! 누가 물건이 아까워서 그러니? 먹는 데 더러워 그러니? 내가 아쉬우니까 그렇지! 당장 내쫓기면 갈 데가 어디냐? ……이 과자갑을 제 울 안에서 보고, 가만있을 사람은 누구요, 그 마음은 어떻겠니? 남 욕을 뵈두 체면이 있지……."

모친의 말에도 고개가 숙었다. 보배는 소리 없이 한숨을 지으며, 어두워 가는 마루 끝에서 언제까지 먼 산을 쳐다보고 섰다.

보배는 '물이 맑으면 고기가 없는 법'이라고 남편의 '꼬장꼬장한' 태도를 비난하는 어머니의 말에 '고개'를 숙인다. 동시에 '흐린 물에는 송사리는 꼬일지 몰라도, 큰 고기는 바다의 맑은 물속'에서 논다는 사실에도 공감한다. '더럽게' 살지 않고 남들 앞에 떳떳하게 나서는 아버지의 모습 또한 이해가 된다. 그녀는 궁핍한 현실과 투명한 양심 사이에서 갈등하고 있는 것이다.

71

이렇듯 어머니와 아버지의 삶을 안타깝게 바라보며 '소리 없이 한숨을 지으며, 어두워 가는 마루 끝'에서 '먼 산을 쳐다보고 섰'는 보배의 실루엣이야말로 해방 직후의 혼란한 현실 앞에 무기력하기만 한 자신을 채찍질하는 작가의 모습이 아니었을까?

염상섭의 「양과자갑」은 '도둑같이 갑작스럽게 찾아온 해방'의 의미를 곱씹어보게 하는 작품이다. 나아가 과거에 대한 진지한 탐색이 이루어지지 않고는 결코 더 나은 미래를 설정할 수 없다는 메시지를 던지고 있다. 이 작품을 음미하는 행위가 오늘날까지 현재진행형으로 남아 있는 '역사 바로 세우기' 작업의 첫 단추를 꿰는 일이 되는 이유도 여기에 있다.

13 황순원의 「곡예사」

가난한 '피에로들'의 '슬픈 곡예'

황순원의 「곡예사」는 6·25 전쟁 중에 겪은 작가 자신의 체험을 바탕으로 당시의 힘겨웠던 피난민들의 삶을 형상화하고 있는 작품이다. 흔히 '38 따라지'라 불리는 월남민들은 비빌 언덕조차 제대로 없는 낯선 공간(남한)에서 새로운 삶을 개척해야 했다. 「곡예사」는 '사랑하는 아내와 귀여운 자식들'의 보금자리(방)를 구하기 위해 동분서주하는 가장의 '곡예'를 그리고 있는 단편이다. 「곡예사」를 읽으며 얼마 전에 개봉한 영화 〈국제시장〉를 떠올렸다. 〈국제시장〉은 북쪽에서 내려온 한 가족의 파란만장한 삶을 다루어 뜨거운 관심을 모으고 있는 영화다. '흥남철수작전' 때 아버지와 이별한 소년이 험난한 시대적 격랑을 헤치고 가족을 지켜낸다는 이야기이다. 가족을 위해 헌신한 '아버지 세대'의 삶이 공감을 얻은 것이다.

이 두 작품은 부산을 배경으로 피난민들의 절박한 삶을 다루고 있다는 점에서 공통점이 많다. 「곡예사」에 나오는 화자의 아내는 '옷가지'를 팔러 '국제시장'에 나간다. 「곡예사」의 화자(황순원)는 〈국제시장〉 '덕수'의 아버지 세대다. 「곡예사」에 나오는 화자의 두 아들, '동아'와 '남아'가 〈국제시장〉의 '덕수' 또래인 셈이다. '동아'와 '남아'는 어린 '덕수'가 구두를 닦으며 가족의 생계를 돕듯, 몇 센트의 군표를 얻기 위해 미군부대에 담배와 껌을 팔러 나간다.

하지만 중요한 차이점이 있다. 영화 〈국제시장〉이 아버지 세대의 한 측면, 즉 가족을 지키기 위해 헌신하는 피난민 가장의 삶에 집중하고 있다면, 「곡예사」는 이들의 삶을 중심으로 한국 사회를 주도해 온 또 다른 아버지들의 부끄러운 자화상을 응시하고 있기 때문이다. '황순원 가족 부대'와 대비되는 '변호사댁'의 삶이 그것이다. 피난민 가족에게 '방'은 생존의 문제와 직결된 절박한 공간이다. 하지만 그렇지 않은 사람들에게는 하찮은 것일 수도 있다. '구공탄'을 쌓아놓기 위해 오갈 데 없는 사람들을 내쫓을 수 있고, '직업적인 이해타산'으로 사람들을 들이고 내칠 수 있으며, '금시계'를 선물받기 위해 방을 비워달라고 할 수도 있다. 뿔뿔이 흩어진 가족이 모여 살 수도 있는 '방 한 칸'이 누구에게는 구공탄을 쌓아놓기 위한 '헛간' 혹은 언제 올 줄 모르는 손님을 위해 비워놓는 '손님방'일 수 있다. 그들에게는 물질적인 조건이 '인간다움'을 판단하는 기준이다. 하여, 가난한 자들은 '인간'으로 취급받지 못한다. 「곡예사」는 타인의 고통에 공감하지 못하는 이러한 냉혹한 현실을 성찰하고 있는 셈이다.

〈국제시장〉을 보고 뒷맛이 개운하지 않았던 이유도 이와 무관하지 않다. '덕수'의 삶은 그 자체로 존경받을 만하다. 하지만 '덕수'의 삶을 우리 시대 아버지의 표상으로 일반화하는 순간, 부끄러운 아버지들의 현실적 자화상은 은폐되고 만다. 〈국제시장〉은 아버지들의 한쪽 면만 강조하고 있다. 모든 아버지들은 두 얼굴을 지닌 야누스다. 인정하고 싶지 않지만, 우리 시대를 지탱해 온 모든 아버지가 '덕수' 같지는 않다. 「곡예사」에 나오는 '변호사' 또한 아버지의 엄연한 반쪽이다. 집안에서는 더없이 인자한 가장이지만 가정을 벗어나면 타인의 삶에 무관심한 냉혹한 사냥꾼, 내 자식만 소중하고 남의 자식은 하찮게 여기는 부모, 가정의 이름으로 모든 몰염치한 행위를 용서 받는 아버지. 너무나 익숙한 우리들의 가족 이데올로기가 아닌가. 아버지들이 〈국제시장〉을 보면서 열광한 이유도 외면하고 싶은 자신의 반쪽을 덮어준 '덕수'의 순진무구한 삶 때문이 아닐까? 이 땅의 아들딸들 또한 자기 아버지의 희생적 모습만 보고 싶어 한다. 그들에게는 가족을 위해 헌신하는 아버지의 모습만 보일 뿐, 가족을 지키기 위해 그들이 밖에서 무슨 일을 하는지에 대해서는 관심이 없다. 이러한 폐쇄된 '가족'의 울타리를 벗어나야만 비로소 성인이 될 수 있다.

'황순원곡예단'의 단장이 어린 '피에로들'에게 당부하는 말이 가슴을 아리게 한다.

그저 원컨대 나의 어린 피에로들이여, 너희가 이후에 각각 자기의 곡예단을 가지게 될 적에는 모쪼록 너희들의 어린 피에로들과 더불어 이런 무대와 곡예를 되풀이하지 말기를 바란다.

60여 년이 훌쩍 지난 오늘날에도, 여전히 가난한 '피에로들'의 '슬픈 곡예'는 되풀이되고 있다.

분단의 상처 넘어서기

전 지구가 하나의 네트워크로 연결되는 21세기에도, 우리들만이 공유하고 있는 비극적 낱말이 있다. 분단이 그것이다. 한국문학은 여전히 분단이라는 특수성의 무거운 짐을 짐칸 가득 싣고 있다. 벗어던지고 싶어도, 벗어던졌다는 시늉을 해도 분단이라는 짐은 여전히 우리의 어깨를 짓누른다. 이처럼 분단 현실은 벗어날 수 없는 운명의 굴레로 우리 작가들의 의식·무의식을 옥죄어왔다.

분단 현실을 반영하는 용어인, 분단문학은 한반도의 분단과 관련된 소재를 다루면서 분단의 원인, 분단으로 야기된 비극적 삶, 좌우 이념 대립 등을 중점적으로 형상화한 문학이라 정의할 수 있다. 분단 상황이 지속되는 한 분단문학은 우리 민족의 특수한 표현 양식의 하나로 존재할 수밖에 없다. 분단문학의 최종 목표는 '문학'이라는 말 앞에 있는 '분단'을 지우는 것이다. 이렇듯, 분단문학은 역사적으로 한정된 문학이다. 해방에서 전쟁으로 이어지는 비극적 현대사에 분단의 시작이 있었듯이, 대립적 냉전체제의 붕괴에 따른 시대적 변화는 분단의 끝을 구체적으로 가늠해 보게 한다. 우리는 분단 극복의 과제가 당위의 차원이 아니라 구체적 현실의 문제로 다가오는 시대에 살고 있다.

분단과 6·25 전쟁의 문학적 형상화를 문제 삼을 때 '세대론적인 시각'은 여전히 유효하다. 전쟁문학, 전후문학의 성격이 짙은 작품을 발표한 1950년대 세대는 전쟁의 원체험 세대이다. 이들에게 분단과 전쟁은 논리 이전의 생존의 문제를 제기했다. 하여, 전후 작가들은 이성보다는 생리적 감각을 통해 전쟁을 형상화하였다. 손창섭의 「비오는 날」(1953), 장용학의 「요한시집」(1955), 서기원의 「암사지도」(1956) 등으로 대표되는 전후문학은 재앙으로 다가온 전쟁에 압도되어 그 충격에서 거의 벗어나지 못했다고 할 수 있다.

그렇다면 유·청년기에 전쟁을 겪고 1960~70년대에 작품 활동을 시작한 세대는 어떠한가. 이들은 전쟁에 대하여 어느 정도 객관적이고 냉철한 판단을 할 수 있었다. 특히 4·19 혁명을 통해 획득한 정치·문화적 감각은 분단 현실과 전쟁에 접근하는 논리적이고 합리적인 관점을 제공하는 데 기여하였다. 『광장』(1960)에서 최인훈은 분단 현실과 전쟁에 대해 객관적 거리를 유지하며 이를 이데올로기의 문제로 형상화하였다. 최인훈과는 다른 각도에서 분단 현실을 형상화한 작가로 김원일과 윤홍길을 들 수 있다. 이들은 유년에 체험한 비극적 민족사를 어린 화자의 시각으로 포착함으로써 『광장』의 관념성과 추상성을 넘어설 수 있었다.

한편, 국권 상실로 시작되는 우리의 근·현대사는 아버지로 상징되는 국가 권위의 회복을 꿈꾸게 하였다. 잃어버린 아버지를 되찾기 위해 의붓아버지(일본 및 서구 문물)에 의존한다는 역설이 일제강점기 우리의 자화상이었다. 해방과 한국전쟁으로 이어지는 정치적 격변기에는 이념 대립을 넘어선 새로운 나라 세우기의 과제가 제기된다. 이때, 이념은 아버지의 다른 이름이다. 나아가 분단이 고착된 이후 아버지를 찾아 나서는 아들의 행위는 잃어버린 반쪽의 이데올로기를 회복하려는 의지와 깊은 관련이 있다. 통일 조국을 건설하려는 노력은 진정한 아버지상을 회복하려는 신념의 발현이었기 때문이다.

김원일은 이러한 '아비 찾기 모티프'를 가장 집요하게 추구한 작가 가운데 하나이다. 그는 자신에게 주어진 비극적 상황을 회피하지 않고 정직하게 응시하려고 노력하였다. 「어둠의 혼」(1973)은 그 원형에 해당하는 작품이다. 이 작품은 아버지의 죽음을 매개로 성숙해 가는 한 소년의 내면을 포착한 성장소설이다. 어린 화자의 1인칭 시점은 분단 이데올로기의 관념성에 체험의 직접성을 부여한다. 자신이 겪은 실제의 이야기라는 진실성이 작품에 생기를 불어넣고 있는 것이다. 이러한 소년의 순진무구한 시선은 이념 대립의 비정함과 수수께끼 같은 어른들의 세계를 암시적으로 드러내는 데 기여하기도 한다. 분단 현실에 대한 직접적 언급이나 가치판단을 유보하는 소년의 시선은 독자의 상상력을 자극하는 효과적 장치로 기능한다. 또한 이 작품은 이념 갈등이 유발한 민족동질성의 훼손 문제를 가족(혈연관계)의 영역에서 그려냄으로써 구체적 실감을 획득하는 데 성공하고 있다.

「어둠의 혼」의 화자 '갑해'의 아버지는 좌익 지식인으로, 해방공간의 혼란한 이념 폭풍에 휩쓸려 죽음을 당한다. 어린 아들에게 아버지의 죽음은 '수수께끼' 그 자체다. 어릴 때 재롱을 떨던 아버지의 가슴은 '두려운 보랏빛'으로 변하고 말았다. 이렇듯, 갑해에게 아버지의 일생은 '알 수 없는 두려움'으로 다가온다. 아버지의 주검 앞에서 화자는 두려움의 실체를 서서히 자각하기 시작한다.

언제인가, 아버지는 이렇게 말했다. 쉬지 않고 흐르는 강처럼 너도 쉬지 않고 자라거라. 다음에 크면 어떤 길이 우리 모두에게 행복을 가져다주는 길인지 배우고 깨우쳐야 한다……. 그러자 아버지가 죽었다는 실감이 비로소 내 마음에 소름을 일으키며 파고든다. 이제부터, 앞으로 영원히 아버지는 내게 그런 말을 들려줄 수 없다. 나는 홀연히 떨기 시작한다. 서른일곱 살 나이로 연기처럼 사라져 버린 아버지. 이제 내가 죽기 전 만날 수 없게 된 아버지. 어린 나에게 너무 어려운 수수께끼를 남기고 돌아가신 아버지의 길지 않은 인생을 더듬을 때, 나는

청소년을 위한 키워드로 이해하는 한국소설 50선

알 수 없는 두려움에 떤다. 두려움과 함께 어떤 깨달음이 내 머리를 세차게 친다. 그 느낌은, 살아가는 데 용기를 가져야 하고 어떤 어려움과 슬픔도 이겨 내야 한다는, 그런 내용이다. 보이는 것, 보이지 않는 모든 것이 안개 저쪽같이 신기한 세상, 내가 알아야 할 수수께끼가 너무 많은 이 세상을 건너갈 때, 나는 이제 집안을 떠맡은 기둥으로 힘차게 버티어 나가지 않으면 안 된다. 이런 결심이 내 가슴을 적신다. 눈물을 그 느낌으로 달랜다.

아버지의 죽음은 '살아가는 데 용기를 가져야 하고 어떤 어려움과 슬픔도 이겨 내야 한다는' 깨달음, 즉 '이제 집안을 떠맡는 기둥으로 힘차게 버티어 나가'야 한다는 인식을 싹트게 한다. 붕괴된 가족을 지탱하기 위해 스스로 가장(아버지)이 되어야 하는 위치에 선 것이다.

김원일은 「어둠의 혼」에서 아버지 세대의 비극을 직시하고 분단의 상처를 극복하는 것이 아들 세대의 과제라는 점을 시사하고 있다. 이는 산산 조각난 가족을 다시 일으켜 세우는 일이며, 분단에서 비롯된 민족사의 비극을 넘어서는 과정이기도 하다. 이후 발표된 김원일의 작품들이나 조정래의 『태백산맥』(1989), 황석영의 『손님』(2000) 등은 이러한 작가의 문제의식을 실현하기 위한 분단소설의 지난한 여정을 보여주는 작품들이다. 분단 극복을 지향하는 분단소설은 여전히 진화 중이다.

15 이호철의 「큰 산」

'큰 산'의 '넉넉함'을 상실한 일상의 불안과 공포

「큰 산」은 「판문점」, 『소시민』, 『남녘사람 북녘사람』 등으로 우리 문학사의 한 획을 그은 이호철의 내밀한 작가의식을 엿볼 수 있는 문제작이다. 이호철의 문학을 규정하는 키워드는 '분단'과 '실향'이다. 그는 6·25 전쟁의 와중에 가족과 고향을 등지고 단신으로 월남하였다. 전쟁과 분단의 비극을 온몸으로 경험한 탈향민이 의지할 데 없는 타지(남쪽)에서 정착하기 위해 안간힘 쓰는 모습. 이호철 문학의 뿌리이자 우리 분단문학의 한 기원을 보여주는 장면이라 할 만하다.

이를 염두에 두고 작가의 은밀한 내면 풍경이 음각되어 있는 「큰 산」의 세계로 길을 떠나보자. 첫눈이 수북하게 내린 아침, '대문 옆 블록 담' 위에 '흰 남자 고무신짝 하나'가 얌전하게 놓여 있다. '나'는 '그 무슨 불길한 것이 손끝에 닿는' 듯한 불안감을 느낀다. 그리고 마음 '깊은 안 속'에 웅크리고 있던 유년의 풍경이 되살아난다. '국민학교 4학

년 쯤' '무밭에 버려진 검정색 지카다비짝'을 보고 느낀 아득한 공포감
이다.

　　큰 산이 구름에 가려서 안 보이는 것이 어찌 이렇게도 이 들판에,
이 누리에 쓸쓸한 느낌을 더하게 하는 것일까. 야산을 야산이도록, 강
이 강이도록, 이만한 분수의 들판을 이만한 분수의 들판이도록, 저렇
게 빠안히 건너다보이는 우리 마을을 우리 마을이도록, 제 분수대로
제자리에 쏘옥 들어앉지 못하게 하는 것일까.
　　바로 이때 나는 길 가장자리 무밭에 아무렇게나 버려진 그 지카다
비짝을 흘낏 보았었다. 순간 화닥닥 놀라 머리끝이 쭈뼛해지는 공포
감에 휘감겨서 미친 듯이 빗속을 달렸었다.

어린 시절 화자에게 '큰 산'은 '그곳에 그 모습으로 그렇게 있다는 것
만으로' 자신을 '둘러싼 모든 균형의 어떤 근원을 떠받들어 주'는 안
식처였다. 우리의 '마음속에 형태 없는 넉넉함으로 자리해' 있는, 마치
'어머니의 젖가슴'과도 같은 원초적인 상징의 하나이다. '큰 산'의 질서
는 조화롭고 평화로운 삶의 동력이다. 하지만 이 '큰 산'이 가려졌을 때
'온 누리'는 '갑자기 균형을 잃고 썰렁'해진다. '개개의 것들'이 '나름으
로 저를 주장해' 나섬으로써 '온 누리'는 삐걱거리기 시작한다. 세상은
'음산하고' '써늘한' 기운에 젖어든다. '마가을비'가 내려 '큰 산'이 보이

지 않게 되었을 때 어린 화자를 휩쓴 '누리'의 쓸쓸함과 아득함은 이를 보여주는 예이다. 자신을 둘러싼 세계의 조화로움이 갑작스럽게 붕괴되는 순간, 존재는 세계와 단절되는 근원적 공포감에 빠져들게 된다.

이러한 근원적 고독감, 즉 '큰 산'이 안 보이는 쓸쓸함에 몸서리치는 순간, '무밭에 아무렇게나 버려진' '지카다비짝'이 눈에 들어온 것이다. '큰 산'이 가져다주는 자연의 질서가 붕괴되는 그로테스크한 느낌과 더불어 눈에 들어온 '지카다비짝'은 인간이 만든 사회적 질서 또한 균형을 잃고 부조리함에 빠져 있음을 암시한다. 태평양전쟁이 나던 이듬해 마을 사람들은 강제 징용을 피하기 위해 인근의 철도공장이나 피혁공장에 취직한다. 집집마다 '지카다비'가 흔한 시절이었다. 하지만 화자가 본 '지카다비'는 '지카다비로서의 노선 혹은 룰'에서 벗어나 있다. 신발이 지닌 '평범하고도 단순한 용처를 떠나 생판 엉뚱하게도' 홀로 한 짝이 '무밭에 처박혀' 있었기 때문이다. 당시의 현실, 즉 일제 말 태평양전쟁 시기는 인간 세계의 질서가 파괴된 광기의 시대였다. 이러한 부조리한 시대 현실의 상징(지카다비짝)과 맞닥뜨렸을 때 화자의 근원적 공포감은 한층 증폭되어 치유할 수 없는 내면의 상처로 남게 된다. 어린 화자는 자연적 질서의 균열('큰 산'이 보이지 않는 아득함)과 사회적 질서의 붕괴(전쟁으로 인한 황폐한 현실)를 동시에 체험한 것이다.

성인이 된 화자에게 느닷없이 나타난 '흰 남자 고무신짝'은 이러한 과거의 아픈 상처를 떠올리게 한다. 이를 통해 작가는 '큰 산'의 질서가 붕괴된 자신의 삶(실향민으로서의 삶)은 물론, 겉으로는 평화로운 듯 보이나 사실은 모순과 부조리로 가득 찬 우리의 분단현실을 고통스럽게 심문하고 있는 것이다. 따라서 이 작품의 주요 모티프인 '흰 고무신 한 짝'(지카다시짝)이 가져다주는 불안과 공포는 '큰 산'의 '넉넉함'에서 멀어진 우리 삶의 불안정함과 황폐함을 암시하는 장치라 할 수 있다.

'누님'을 이해하기 위하여

어느 공동체에서나 '조금 모자라 보이는' 사람들이 있다. 우리는 이러한 사람들을 동정과 연민, 혹은 경멸과 무시의 시선으로 바라보곤 한다. 우리와는 '다른' 열등한 사람으로 취급하는 것이다. 여기에는 공동체를 구성하는 다수의 시선이 우월하다는 생각이 전제되어 있다.

과연 그럴까? 최일남의 「누님의 겨울」은 소위 정상이라고 여겨지는 사람들에게 희생되는 한 인물의 삶을 통해 정상과 비정상, 우리와 그들, 다수와 소수 등의 경계를 심문하고 있는 작품이다. 소설의 표면적 주제는 '이념을 넘어선 인간애' 정도로 정리할 수 있겠다. 해방기의 혼란 속에서 '학교 문턱도 밟아 보지 못한 데다 가는귀까지 먹어 집에서조차 돌림쟁이를 당하고 있는 누님'이 세 번째 남편으로 대변되는 이념적 인물들에게 이용당하고 있기 때문이다. 하지만 이러한 해석은 소설을 지나치게 단순화하고 있다는 비난을 면하기 어렵다.

우리는 작품을 이끌어가는 화자의 태도에 주의를 기울일 필요가 있다. 작가는 초등학교 오학년인 어린 화자를 내세워 이야기를 전개한다. 그는 조숙한 관찰자이자 서술자이다. 조숙하다 함은 어린 나이에도 세상 물정에 밝다는 점을 암시한다. 하여, 화자의 시선은 세상의 잣대 그 자체이기도 하다. 따라서 이 작품을 깊이 있게 음미하려면 어린 화자의 태도를 비판적으로 바라볼 수 있어야 한다. 누님의 삶은 역설적이게도 정상이라고 생각하는 화자의 시선을 문제 삼고 있기 때문이다.

화자는 누님을 연민과 동정의 시선으로 바라보고 있다. 그는 누님의 삶에 깊이 공감하지 못한다. 이는 화자가 어리기 때문이 아니다. 오히려 '누님'을 자신과는 다른 종류의 사람으로 여기고 있기 때문이다. 화자는 '아무 도움도 주지 못하면서' 항상 누님의 '보호자'가 되어야 한다고 생각한다. 그가 보기에 누님의 삶은 '세상의 일반적인 경우'와 다르다. 그리고 세속의 기준은 항상 옳다. 그에 따르면 소박을 맞고 돌아오는 사람의 마음은 '세상이 꺼지도록' 슬퍼야 한다. 또한 엉뚱한 대목에서 엉뚱한 웃음, 혹은 엉뚱한 눈물을 보이면 안 된다. 적재적소에서 웃고 울어야 한다. 그렇다면 이 '엉뚱한'의 기준은 무엇이며, '적재적소'의 기준을 정한 사람은 누구인가?

누님은 대낮에 시냇가에 나가 '미역'을 감곤 한다. 화자는 '여자 혼자 대낮에 미역'을 감는다고 나무란다. 누나는 '어떠니, 더워서 그런데.' 라고 대답한다. 누구의 태도가 더 자연스럽고 순수한가? 누님의 '팽팽한 젖무덤'을 보며 스스로 '얼굴을 붉히며 슬그머니 외면'하는 화자의 태도와, 자신의 목욕 장면을 바라보는 어린 동생을 향해 '전혀 놀라는 빛 없이' '찡긋 웃어 주는' 누님의 모습을 비교해 보라! '엉뚱함' 혹은 '윤리 / 관습'이라는 잣대가 인간 본연의 순수한 마음을 '조금 모자라 보이는' 모습으로 왜곡하고 있지는 않은가?

이렇듯 화자는 자신만이 세상의 이치를 깨닫고 있다는 우월한 시선을 지니고 있다. 이는 '해방 직후'의 현실을 바라보는 태도에서도 그대로 드러난다. 화자는 자신만이 해방과 관련된 새로운 지식을 어느 정도 소화할 수 있다고 생각한다. 누님은 물론 아버지와 어머니도 그 수준이 안 된다고 여긴다. 가족 중 해방과 더불어 달라진 사람이 있다면 오직 자신 정도이다.

이러한 우월적 시선은 시대 현실에 적극적으로 참여하는 누님의 모습을 제대로 이해하지 못하게 한다. 화자는 누님이 이용당하고 있다고 여긴다. 그럴 수도 있겠다. 하지만 화자는 누님이 왜 그렇게 행동하는지를 깊이 있게 고민하지 않는다. 누님은 남편의 일을 적극적으로 돕는다. 그들이 자신을 지극히 위해주고 사람대접 해준다고 믿었기 때문이다. 하지만 화자는 공산당인 '매부'가 누님을 이용한 후 버렸다고 주장한다.

결론적으로 누님은 해방 공간에서 좌익 이념을 추구한 사람들에게 희생되었다고 볼 수 있다. 하지만 이 작품을 특정 이념과 사상의 범주에 한정하여 감상해서는 곤란하다. 누님을 자신과는 다른 종류의 인간으로 여기고 단순히 보호해야 할 대상으로 여기는 화자 역시, 동정과 연민이라는 가면을 쓰고 관습이라는 이름으로 누님에게 폭력을 행사하고 있기 때문이다. '다름'을 '열등함'으로 치환하는 이 눈에 보이지 않는 폭력이야말로 우리가 지양(止揚)해야 할 심각한 이념의 하나이다. 누님의 넉넉한 마음씀씀이가 조숙한 화자의 '슬픈 기억'을 다독이고 있는 지점은 바로 여기이다.

이념과 가족 혹은 '좌익과 우익'의 합작품

윤흥길은 「장마」(1973)를 통해 우리 문학사의 한 페이지를 장식한 대표적인 분단소설 작가의 하나이다. 「장마」는 동족상잔의 비극인 분단 현실과 6·25 전쟁을, '삼촌 / 외삼촌'을 사이에 둔 '할머니 / 외할머니'의 갈등 구조로 갈무리함으로써 그 비극성을 생생하게 전달하는 데 성공한 작품이다. 한편, 이를 포착하는 어린 화자의 시선은 추상적 이념 너머의 순정한 삶의 속살을 드러내는 데 기여하고 있다. 또한 할머니와 외할머니의 화해를 매개하는 토속적 샤머니즘(외삼촌의 혼령으로 나타난 구렁이의 원한을 풀어주는 설정)은 남(우익)과 북(좌익)이 공유하고 있는 전통적 정서를 통해 전쟁의 상처를 치유하려는 작가 의식을 함축하고 있다.

윤흥길의 「무지개는 언제 뜨는가」는 「장마」 이후의 현실을 다루고 있는, 이른바 「장마」의 후속편이라 할 수 있다. 작가는 무엇이 부족하다고 생각했던 것일까? 먼저, 이데올로기 대립의 양상이 「장마」에서보다 한층 리얼하게 설정되었다는 점을 주목할 수 있다. 화자의 '작은당숙네'는 '빨치산'의 습격으로 일가족이 죽임을 당한다. '작은당숙모'만이 구사일생으로 목숨을 건졌을 따름이다. 특히, '미처 이름도 지어 주기 전에 저세상으로 가 버린 젖먹이'(막내 재종)는 살아남은 '작은당숙모'를 두고두고 괴롭힌다. 급기야 그녀는 실성하기에 이른다.

한편, 이러한 '빨치산'의 행위에 대한 보복으로 '인공 치하' 때 '인민군'에 부역한 바 있는 '차 서방네' 가족이 몰살당한다. 좌익과 우익의 죽고 죽이는 복수의 살육전이 마을을 휩쓴 것이다. 미친 당숙모는 '차씨네' 집의 갓난애를 구한다. '자기 남편을 죽이고 자기 아이들을 죽인 빨갱이 자식'을 거두어 기른 것이다. 정상적인 사람이라면 도저히 이해할 수 없는 행위이다. 미쳤기 때문에, 아니 너무나 큰 고통을 겪었기 때문에 처절한 보복의 악순환에서 벗어나 타자의 아픔에 감응할 수 있었던 것이다. 이렇게 살아난 아이가 '동근'이다. 작가는 좌익과 우익 사이의 대립과 갈등 양상을 구체적으로 보여주고 있는 셈이다. 이는 「장마」에서 추구했던 혈연적, 심정적 화해(토속적 샤머니즘의 세계)를 구체적 현실인식을 통해 보완하려는 의지를 투영하고 있다.

윤흥길이 '동근이'의 삶에 주목하여 분단의 상처가 치유되는 과정을 섬세하게 추적하고 있는 이유도 이와 무관하지 않다. 「장마」가 주로 전쟁 1세대(할머니 / 외할머니, 삼촌 / 외삼촌) 사이의 대립과 화해 과정을 그리고 있다면, 「무지개는 언제 뜨는가」는 전쟁 2세대 혹은 미체험 세대의 갈등과 소통 양상에 관심을 집중하고 있다. 동근이는 당숙모의 헌신적인 사랑으로 '김씨 집안 호적'에 오르게 된다. 하지만 김씨 가문은 동근이를 진정한 가족구성원으로 받아들이지 않는다. 당숙모가 세상을 떠나자 동근이는 '미운오리새끼'가 되어 집안의 머슴처럼 취급받는다. 결국 동근이는 '큰당숙'의 돈을 훔쳐 달아난다. 그랬던 동근이가 사법고시에 최종 합격하여 '백조'가 되어 마을로 돌아온다. '빨갱이'의 핏줄이지만 '그 빨갱이들한테 불행을 당한 여자'의 품에서 자란 동근이의 성공은 이념과 가족 혹은 '좌익과 우익의 합작품'이라 할 수 있다. 당숙모와 동근이는 이념과 핏줄, 그 무엇으로도 갈라놓을 수 없는 엄연한 '모자지간'이다. 이 둘의 관계는 가족공동체와 이념공동체의 윤리를 훌쩍 넘어선 지점에서 싹튼 것이기 때문이다.

작품의 마지막 장면에는 혈연과 이념의 갈등을 넘어 새로운 시대를 열어가고 있는 분단 극복 세대들의 아름다운 소통의 무늬가 음각되어 있다. 차 서방(빨갱이)의 피를 타고 태어난 동근이가 김씨 집안의 아들로 다시 태어나는 순간이기도 하다.

"저 동근입니다, 형님!"

아내를 한 걸음 앞질러 낯선 청년이 마당으로 쑥 들어서면서 이렇게 외쳤다. 나는 그 순간 말문이 꽉 막혀 자기가 김동근임을 자처하는 그 낯선 청년을 우두커니 바라보고만 있었다. 그렇게 한참을 바라보고 있는 그 사이에 나는 그가 전혀 낯선 얼굴만은 아니라는 사실을, 전에 어디선가 많이 보았던 얼굴임을, 다시 말해서 절반은 우리 당숙을 닮고 나머지 절반은 우리 당숙모를 닮은 듯한 생김생김을 차차로 깨닫게 되었다.

"이게 얼마 만이냐……"

나는 뒤늦게 입을 열어 내 재종 동생을 맞으면서 그 녀석이 무슨 일로 그처럼 서둘러 나를 찾아왔는지를 얼핏 깨달았다. 녀석은 이제 틀림없이 나한테 이렇게 물을 것이었다.

형님, 비가 그치고 나면 하늘은 어떤 빛깔이 되는지 아십니까? 그리고 그 하늘에 뭐가 뜨는지 아십니까?

'낯선 청년'을 '전혀 낯선 얼굴만은' 아닌 청년으로 받아들이는 과정, 즉 화자가 동근이를 온전한 가족공동체의 일부로 받아들이는 장면은 잃어버린 반쪽, 북한을 되찾는 지난한 여정의 첫걸음이 아닐까?

전통과 서구 문화의 창조적 만남을 향해

한국의 근·현대사는 전통적 가치와 서구 문화가 충돌하는 현장의 기록이라 할 수 있다. 서구 문화의 유입에 따른 전통적 가치관의 혼란이 문학의 주된 관심거리가 된 이유도 여기에 있다. 개화기에서 일제강점기, 분단과 전쟁으로 이어지는 격변의 근·현대사는 외래의 사상이 한반도의 문화를 점령해 온 과정이라 해도 과언이 아니다.

하근찬의 「왕릉과 주둔군(駐屯軍)」은 전통적 가치와 서구 문화가 충돌하면서 빚어내는 혼란한 시대상을 형상화하고 있는 작품이다. 주인공 '박첨지'는 '왕릉' 돌보는 일을 천직으로 여기는 사람이다. 자신의 조상이 임금이라는 자랑, 즉 '박씨가 일등'이라는 자부심이 그의 인생을 지배하고 있다. 이는 전근대적이고 수구적인 삶의 방식이다. 김첨지가 그렇게 소중히 여기는 전통(임금)의 실체는 어떠했는가? 개화기 조선 왕조의 무능은 국권 상실로 이어져 일제강점기라는 치욕의 역사를 불러왔으며, 해방 이후 무능한 권력자들은 외세의 간섭을 불러와 동족상잔의 비극을 초래하였다.

하여, 박첨지의 모습은 마을 사람들에게도 공감을 얻지 못한다. 그는 아이들의 놀림감이 되기 일쑤고, '서양 병정'들에게는 비웃음의 대상이 된다. 작가는 과거의 전통에 얽매여 현실을 바로 보지 못하는 김첨지의 태도를 풍자·희화화하고 있는 것이다.

다음으로 '김첨지'의 딸 '금례'의 모습을 살펴보자. '서양 병정'들이 자리 잡은 곳으로부터 흘러들어온 '눈부시게 밝은 불빛'과 '야릇한 노랫소리', 그리고 '망측한 풍경' 등은 전통의 굴레에 갇혀 살아온 '금례'의 마음을 걷잡을 수 없이 흔들어놓는다. '주둔군'이 떠나며 남긴 상처는 더욱 크다. 기지촌 여성들을 따라 떠난 금례는 혼혈아 '철이(노란 탱자)'를 데리고 온다. 하지만 김첨지에게 딸의 안부는 관심 밖이다. 오직 '왕릉을 지킬 후손이 끊어진다는 사실' 그 자체가 중요할 따름이다.

금례와 김첨지의 모습에는 서구 문화에 대한 그 어떤 주체적 성찰도 들어설 여지가 없다. 금례는 새로운 문물에 대해 무조건적인 추종의 태도를 지니고 있으며, 반대로 김첨지는 서구문화에 대해 배타적인 모습으로 일관한다.

한편, '해방군'이라는 명분으로 한반도에 주둔한 '점령군'의 본질 또한 생생하게 고발되고 있다. 그들이 가져온 향락적이고 퇴폐적인 문화는 우리의 전통 공동체를 급격하게 붕괴시켰다. 도와준다는 명분으로 한반도에 들어온 서양 병사들은 자신들의 이익과 욕망을 채우기에 여념이 없다. 그들은 타자의 삶에 대한 최소한의 예의도 없이 그야말로 '도둑 같이' 갑작스럽게 출현했다. 상대방에 대한 관심과 이해 없이는 그 누구도 도와줄 수 없다. 이들에게 '왕릉 숲'은 자신들의 욕망을 분출하는 장소의 하나일 뿐이다. 김첨지는 왕릉을 지키기 위해 '담 쌓는 역사'를 제안하지만 이마저도 제대로 이루어지지 않는다. 임시방편의 허울일 뿐이다.

이처럼 하근찬은 「왕릉과 주둔군(駐屯軍)」을 통해 서구 문화의 무분별한 유입과, 이에 제대로 대응하지 못한 우리들의 무능한 태도를 꼬집고 있다. 작가의 시선은 전통과 서구의 이분법적 대립을 넘어 서구문화의 바람직한 수용 혹은 전통 문화의 창조적 계승을 향해 나아가고 있다. 그는 이러한 주제의식을 직접적으로 표출하지 않는다. 다만 혼란한 현실을 있는 그대로 드러냄으로써 독자의 상상력을 자극할 뿐이다.

결국, 「왕릉과 주둔군(駐屯軍)」은 대화와 소통이 부재한 우리의 현실을 문제 삼고 있는 셈이다. 전통 문화와 서구 문화는 서로가 가지고 있는 구체적이고 특수한 성격을 유지하면서 대화적 관계를 형성해야 한다. 하지만 작중 인물 그 누구도 이러한 대화의 노력을 보여주지 않는다. 점령군으로 주둔한 서양 병사들의 오만 앞에, 낡은 전통을 고집하는 김첨지의 독선과 서구 문화를 숭배하는 금례의 콤플렉스가 적대적인 시선으로 대치하고 있는 형국이다.

그렇다면 오늘의 현실은 어떠한가? 작가가 이 작품에서 풍자하고 있는 '요지경(瑤池鏡)'의 현실과 그리 멀리 떨어져 있지 않은 듯하다. 새로운 문물에 대한 '금례'의 동경이나 전통에 얽매인 '김첨지'의 태도는 '지금 여기'의 현실에서도 어렵지 않게 발견할 수 있다.

서구 문화와 전통 문화의 '잘못된 만남'을 상징하는 아래의 장면이 진한 여운을 남기며 오늘의 현실을 곱씹어보게 하는 이유도 바로 여기에 있다.

"외할아버지."

아이녀석의 부르는 소리가 들렸다. 그런데 그 소리가 바로 눈앞의 높은 곳에서 들려 오는 것이 아닌가. 박첨지는 고개를 번쩍 쳐들었다. 왕릉에서였다. 왕릉의 두두룩한 어깨쯤을 애녀석이 기어 오르고 있는 것이었다. 기어 오르다가 박첨지를 내려다보며 노란 눈으로 생글 웃는 것이었다. 박첨지는 온몸의 피가 왈칵 얼굴로 솟구치는 것 같았다.

"저누묵 호로새끼! 이리 안 내려올 끼가! 앙?"

숲속이 쩌렁 울리도록 핏대를 세웠다. 그러나 아이는 곧장 생글생글 웃으며 빨간 혓바닥을 날름날름 내보이는 것이었다.

"앙? 안 내려올 끼가!"

박첨지는 꼭 실성한 사람 같았다. 지게를 받칠 생각도 않고 마구 앞으로 내달으려는 것이었다. 내달아질 리가 만무했다. 아랫도리가 휘청 꺾이는 것이었다. 그리고 눈앞이 노랗게 빙 돌았다. 박첨지는 지게를 진 채 앞으로 고목처럼 꿍! 나가떨어지고 마는 것이었다. 흙과 지게 밑에 깔린 박첨지는 두 손을 뻗어 풀을 쥐어뜯으며 허옇게 이를 악물었다. 상투가 바르르 떨렸다. 이 광경을 내려다보며 애녀석은,

"헤헤헤헤……."

노랗게 웃고 있었다.

징─ 징징징징─ 가물가물 멀어져 가는 박첨지의 귀에 먼 마을에서 흘러오는 풍물 소리가 길게 여운을 남기며 사라지고 있었다.

'왕릉의 두두룩한 어깨쯤'을 기어오르며 '노란 눈으로 생글' 웃고 있는 '아이녀석'과, 이를 보고 '온몸의 피'가 솟구쳐 내닫다가 '지게를 진 채 앞으로 고목처럼' '나가떨어지고 마는' '김첨지'의 모습은 소통의 실마리를 찾지 못하고 제각기 떠돌다 좌초하고 마는 전통과 서구의 '잘못된 만남'을 상징한다.

이렇듯, 하근찬의 「왕릉과 주둔군(駐屯軍)」은 전통과 서구 문화의 창조적 만남이라는 절박한 과제를 이들의 '잘못된 만남'을 통해 반어적으로 드러내고 있는 작품이다. '길게 여운을 남기며' 사라지는 '풍물 소리'가 유독 쓸쓸하게 느껴지는 이유도 이와 무관하지 않으리라.

19 임철우의 「아버지의 땅」

분단의 상처 넘어서기

임철우의 「아버지의 땅」(1984)은 분단문학의 백미(白眉)로 꼽히는 작품의 하나이다. 이 작품은 어머니와 아버지가 살았던 삶의 흔적(과거)을 통해 현재까지 이어지는 분단 현실의 상처를 파헤치고 있는, 전쟁 미체험 세대 특유의 분단인식을 엿볼 수 있는 문제작이다. 또한 「어둠의 혼」(김원일, 1973), 「장마」(윤흥길, 1973) 등 유년에 전쟁을 체험한 세대의 감성적 분단인식과, 민중·민족의식의 성장에 힘입어 전쟁과 이념의 문제를 본격적으로 탐사한 『태백산맥』(조정래, 1983~1989) 등의 과학적 분단인식을 매개해 주는 역할을 하고 있기도 하다.

이를 염두에 두고 작품 속으로 들어가보자. 화자는 분단 현실을 극명하게 보여주는 장소, 즉 전방 부대에 근무하는 군인이다. 그의 부대는 야영훈련 도중 '앙상하게 드러난 갈비뼈'는 물론 '두 팔과 손목뼈'까지 '검고 가느다란 철사줄'에 감겨 있는 유골을 발견한다. 화자는 철사줄을 보는 순간 '어머니의 주름진 얼굴'을 회상한다. 한국전쟁 당시 좌익에 연루되어 희생된 유골의 모습이, 아버지로 인해 고통 받고 있는 어머니의 삶을 연상시킨 것이다. 시체를 칭칭 감고 있던 과거의 '피피선'이 '싱싱하게 살아' 눈에 보이지 않는 굴레로 화자의 가족을 결박하고 있었던 셈이다. 이렇듯 분단의 상처는 '아버지'라는 '저주와 공포의 낙인'으로 화자와 어머니의 삶을 따라다니고 있다.

마을의 노인이 유골의 철사줄을 제거하여 멀리 내던지는 순간 화자는 '하늘을 치어다보고 서 있는 어머니의 가녀린 목줄기'와 '그녀가 아침마다 소반 위에 떠서 올리곤 하던 하얀 물 사발'을 떠올린다. 어머니와 자신을 옥죄고 있던 굴레, 즉 '저주'처럼 따라다니던 '아버지의 무서운 환영'이 벗겨지는 장면이다. 화자는 지금까지 줄곧 거부해 왔던 아버지의 삶에 한 발짝 다가가며 화해의 손을 내밀고 있는 것이다.

억울한 영혼의 한을 풀어주며 아버지의 모습을 떠올리는 화자의 모습을 통해 작가가 암시하는 분단 극복의 가능성은 다음과 같은 것이리라. '스물다섯 해가 넘도록' 어머니를 옭아매고 있는 '아버지'의 굴레는 화자 자신의 현재를 옥죄고 있는 분단의 굴레에 다름 아니다. 아버지의 삶(과거)은 자신의 삶(현재)과 동떨어져 있는 것이 아니다. 역사의 상처는 외면한다고 해서 잊혀지는 것이 아니다. 그 고통을 직시하고 이를 극복하기 위해 노력해야 비로소 치유될 수 있다. 이는 자신이 지금

처해 있는 상황을 직시하는 일에서부터 시작되어야 한다. 즉, 철사줄의 이미지를 연상시키는 '섬뜩한 쇠붙이(소총)의 촉감', '항상 누구인가를 겨누고 열려 있는 총구의 속성을, 그 냉혹함을, 또한 그 조그맣고 둥근 구멍 속에서 완강하게 똬리를 틀고 앉아 있는 소름끼치는 그 어둠의 깊이'를 직시하고 이를 넘어서기 위해 노력하는 데서 비로소 시작될 수 있다.

'하염없이 쏟아져 내리'는 '함박눈'과 '눈부시도록 하얀 사기대접'의 이미지는 작가의 이러한 염원을 담고 분단으로 인한 대립과 갈등을 '하얗게하얗게' 지우고 있다. 눈부시게 아름다운 결말이다.

머리 위로 눈은 하염없이 쏟아져 내리고 있었다. 함박눈이었다. 굵고 탐스러운 눈송이들은 세상을 가득 채워 버리려는 듯이 밭고랑을 지우고, 밭둑을 지우고, 그 위에 선 내 발목을 지우고, 구물거리는 검은 새떼를 지우고, 이윽고는 들판과 또 마주 바라뵈는 거대한 산의 몸뚱이마저도 하얗게하얗게 지워가고 있었다. 그것은 어머니가 새벽마다 샘물을 길어 와 소반 위에 떠서 올려놓곤 하던 그 사기대접의 눈부시도록 하얀 빛깔이었다.

일상 속에 스며든 분단의 비극

 1990년대 이후의 분단소설은 이전의 소설이 보여준 면모와 뚜렷하게 구별된다. 새로운 분단 세대는 전쟁의 상처를 직접 체험하지 못한 만큼 분단 현실에서 어느 정도 자유롭다. 자유롭다 함은 분단 현실에 대하여 객관적 거리감을 확보할 가능성이 높다는 사실을 시사한다. 한편, 다원성, 개성을 전면에 내세운 새로운 세대의 감각이 우리의 정신사를 관통하고 있는 분단 현실을 과연 얼마나 깊이 있게 성찰할 수 있을 것인가 하는 우려의 목소리도 있다. 그러나 그렇다고 하더라도 이들의 두 어깨에 분단 극복의 가능성이 걸려 있다는 사실은 부인할 수 없다.

전쟁의 와중에서 월남한 아버지의 서글픈 삶을 아들의 시각에서 조명하고 있는 김소진의 「쥐잡기」는, 전쟁을 체험하지 못한 세대가 분단 현실을 어떻게 인식하고 있는지를 잘 보여주는 작품이

다. 「쥐잡기」에 드러나는 아버지는 권위적이고 억압적인 이데올로기와
는 무관한 인물이다. 휴전협정이 조인되고 포로수용소에서 이남과 이
북을 선택해야 할 자리에서 아버지는 '잔뼈가 굵은 고향이 있고 부모
처자가 있는' 북쪽으로 가고 싶다는 생각과 '물밑쪽 같은 신세 이제 고
향에 돌아가면 뭘하겠나' 하는 생각 사이에서 혼란에 빠진다. 그러다
'폭동의 와중에서 우연히 아버지를 깨우는 바람에 목숨을 건지게 해
준 흰쥐가 꼬랑지를 살랑살랑 흔들며 이남 쪽으로 걸음을 떼고 있는'
모습을 보고 남쪽을 선택한다.

최인훈의『광장』에서 분단 현실을 '광장'과 '밀실'이라는 이데올로기
의 상징으로 인식한 이명준은 남·북 어느 쪽도 선택하지 못하고 제3국
행 배에 몸을 실었다. 이명준에게 이데올로기는 삶을 조직하고 지배하
는 절대적 명제였다. 그가 사변적이고 관념적인 지식인이었다는 점은
이와 무관하지 않다. 따라서 그의 자살은 예견된 결과였다. 이념의 속
박에서 벗어나지 못한 불행한 청년 이명준이 이데올로기를 버리고 제
3국에서 평범한 삶을 살아간다는 것은 불가능한 일이다. 이는 조국을
포기하는 일이기 때문이다.

그러나 「쥐잡기」에 드러난 아버지의 처지는 이명준의 상황과 사뭇
다르다. 그에게 이데올로기는 삶 그 자체의 다양한 요소를 설명하기에
오히려 무력하기만 하다. 그는 역사의 가장 밑바닥에서 역사의 실체를
형성해 온 민초이기 때문이다. 이는 이데올로기가 가지는 권위적이고

억압적인 성격을 해체하고 있다는 점에서 중요한 시각의 전환이다. 이러한 아버지의 모습은 지금까지 우리 문학이 가져온 상징, 권위로서의 '아버지상(像)'을 생활의 질서 속으로 끌어내리는 데 기여한다.

> 여기 한번 나와 있으니까니 못가갔드란 말이야. 어딜 간들 하는 생각 때문에 도루 못 가갔드란 말이야. 기거이 바로 사람이야. 웬 쥐였냐교? 글쎄 모르지. 기러다 보니 맹탕 헷것이 눈에 끼었는지두. 언젠가 돌아가갔지 하며 살다보니……. 암만 생각해 봐두 꿈 같기두 하구…… 기리고 이젠 모르갔어…… 쩡짜루다 돌아가고 싶은 겐지 그럴 맘이 없는 겐지…… 늙으니까니 암만해두.

아버지의 모습을 아들 민홍은 언젠가 박물관에서 본 '고생대의 한 화석'으로 비유하고 있다. 민홍은 그 화석의 앙상한 이미지를 통해, 어느 누구도 자유롭지 못한 가슴 답답한 세월의 무게를 떠올린다.

「쥐잡기」에서 작가는 분단 현실을 지배해 온 지금까지의 이데올로기를 '헛것'이라 선언한다. 아버지가 북에 있는 고향과 처자를 잊고 구차한 산동네의 삶을 살아갈 수 있게 한 동인은 '흰쥐'로 상징되는 '헛것'이었다.

그러면 이 작품에서 아버지가 말년에 그렇게도 집착한 '쥐잡기'가 가지는 의미는 무엇일까? 아버지와 '힘겨운 싸움'을 벌인 '회색빛' 쥐는,

'헛것'을 상징하는 '흰쥐'의 반대편에 존재하는 현실의 중압감을 상징한다. 이 쥐와의 끈질긴 투쟁은, 월남한 이후 한 번도 가장으로서의 책임을 수행한 적이 없었던 아버지에게 처음이자 마지막으로 생에 대한 의지를 불타오르게 한다. 끈질긴 생명력의 상징으로 표상되는 쥐와의 싸움은, 분단의 상처로 인해 온전한 삶을 영위하지 못한 아버지가 분단현실과 대결한 생의 마지막 전투였다고 할 수 있다.

쥐와의 싸움이 끝나자마자 아버지는 '느닷없이 엄습해온 겨울의 막바지에 불현듯 세상'을 떠난다. 아버지의 죽음으로 끝이 난 줄 알았던 쥐와의 전쟁은 아들 민홍에게로 이어진다. 소설은 민홍이 아버지의 뒤를 이어 '헛것'과 '현실'을 사이에 둔 쥐와의 숨바꼭질을 다시 시작하는 것으로 마무리된다. '흰쥐'로 상징되는 '헛것'의 이미지와 '쥐잡기'에의 집착을 불러일으키는 곤고한 '현실'은 우리 삶에 있어서 어느 것 하나 포기할 수 없는 필수불가결한 요소이다. 이처럼 '쥐잡기'로 변주되는 분단의 상처는 일상 속에 스며들어 눈에 보이지 않는 운명의 굴레로 우리의 삶을 잠식하고 있다.

3. 문명과 소외

물질문명에
소외된 현대인의 슬픈 초상

21 김원일의 「잠시 눕는 풀」

양심을 파는 세상

우리는 돈의 논리가 지배하는 사회에 살고 있다. 대부분의 사람들은 비정한 자본의 논리에 어느 정도 불만을 표출하면서도, 여전히 돈이 가진 유혹을 떨쳐버리지 못하며 살아가고 있다.

자본주의는 우리의 삶을 풍요롭게 장식하고 있음에도 불구하고 빈부 격차, 부정부패, 물질만능주의, 가진 자의 횡포, 인간성의 타락 등 여러 가지 사회 문제를 발생시키고 있다. 문제는 자본의 윤리가 그리 공정하지 않다는 점이다. 소수에게로 부(富)가 집중되는 이윤 추구의 메커니즘이 여전히 다수의 사회구성원에게 절망적 고통을 안겨주기도 하기 때문이다. 김원일의 「잠시 눕는 풀」은 이러한 자본주의 사회의 음산한 뒷골목 풍경을 돈과 양심의 갈등 양상으로 포착하고 있다. 작품을 읽는 내내 시우 가족의 삶이 부담스럽게 다가왔다. 그들의 비참한 삶은 우리의 내면 깊숙이 침전되어 있는 양심의 목소리를 끌어낸다.

눈이 펑펑 쏟아지던 날, 시우네 가족은 보퉁이 몇 개로 등짐을 지고 고향을 떠났다. 그래서 다섯 식구가 처음 짐을 푼 곳이 천호동 밖 거여동의 바라크 촌(村)이었다. 월 1천 원의 사글세 단칸방에 생활의 짐을 풀고, 형은 공사판으로, 어머니는 가발 공장으로, 그리고 시우는 우동집 배달원으로 각각 일터를 마련했다. 형이 월 1만 1천 원, 시우가 먹고 자고 2천 원, 그리고 어머니가 3천 원, 이렇게 하여 한 달 총 수입이 2만 원이 채 못 되는 돈으로 다섯 식구가 세 끼니를 겨우 해결했고, 시우의 두 누이가 국민학교에 다닐 수 있었다.

고향을 떠나 도시 변두리에 정착한 '시우네 가족'에게 인간다운 삶에 대한 희망이 존재한다고 말할 수 있을까? 혹자는 부족한 돈을 아껴가며 서로 보듬고 살다 보면 언젠가는 단란한 가정을 꾸릴 수 있다고 말할지 모르겠다. 하지만 시우의 가족이 그들의 힘으로 행복한 중산층의 삶을 이룰 수 있다고 기대하는 사람은 그리 많지 않을 것이다.

시우의 경우를 살펴보자. 그는 '우동집 배달원'에서 '맥주 홀 보이'와 '회식집 신발 정돈 당번'을 거쳐 '김 여사의 운전수'로 소위 '파격적인 출세 가도'를 밟아왔다. 이러한 과정에는 개인의 노력(능력)보다 '우연'이 결정적으로 개입하고 있다. '소녀처럼 귀여운' 시우의 얼굴이 '계꾼

들과 함께' 우연히 '그곳에 들른' 김 여사의 호감을 산 것이다. 이렇듯 소외되고 가난한 자들에게 출세의 기회는 그들의 재능과 능력보다 우연적 상황이 더 직접적으로 영향을 끼친다. 이러한 사회는 그리 건강하지 못한 사회라 할 수 있다.

나아가 사회적 약자인 시우가 음주 운전을 하여 인명사고를 낸 김 여사의 죄를 뒤집어써야 하는 상황에 처한다. '이 선생'은 힘(돈)의 논리로 시우에게 부당한 죄를 강요하는 부도덕하고 비열한 인물이다. 이러한 인물은 쉽게 비난할 수 있다. 하지만 같은 일을 처리하더라도 눈에 보이지 않는 세련된 논리로 자신의 위선을 감추는 '부사장(김 여사의 외아들)' 같은 사람도 있다.

운전수네 가족에게도 최대한의 성의를 다 보인다는 점 말입니다. 다시 말해서, 운전수네 가족들이 '이번 일은 돈에 시우 군이 팔린 것이 아니라, 주인아주머니의 어쩔 수 없는 입장을 운전수 된 사명감에 따른 자발적 결심으로 도와주는 것뿐이다. 그러다 보니 그 성의 표시로 생각지도 않은 돈이 생기게 되어, 정말 은혜를 갚는 느낌이다'라는 생각을 갖게끔, 이 선생이 처신을 해야 된단 말입니다. 돈이란 쓰기 나름이어서, 잘못 쓰면 오히려 돈은 돈 대로 없어지고, 욕설까지 먹게 된다는 사실을 아셔야 해요. 그러니 운전수 가족에게 최대한의 성의를 표시하고, 그들이 그 성의를 진실 그대로 받아들이게끔 행동하란 말예요. 물론 저도 그렇게 하겠지만."

이 선생의 행위가 '가슴 치고 간 내어 먹'는 격이라면, 부사장의 경우
는 '등 쓰다듬어 주고 간 내어 먹'는 모습이라 할 수 있다. 사회적 약자
에게 영혼과 양심을 팔라고 채찍질하는 돈의 논리는 이렇듯 눈에 보이
지 않는 세련된 태도, 즉 '주인아주머니의 어쩔 수 없는 입장을 운전수
된 사명감에 따른 자발적 결심'의 형식으로 몸을 바꾼다. 겉으로는 '최
대한의 성의'를 보이는 것 같지만, 돈을 통해 시우의 양심을 산 사실에
는 변함이 없다. 다만, 상대편에게 '생각지도 않은 돈이 생기게 되어, 정
말 은혜를 갚는' 듯한 적반하장(賊反荷杖)의 감정을 갖게끔 할 따름이
다. 물론 이러한 부사장의 모습에 상대에 대한 진심어린 배려가 녹아
있을 리 없다. 때리는 시어머니보다 말리는 시누이가 더 미운 법이다.

더 무서운 것은 양심을 팔아서 얻은 돈이 지긋지긋한 가난의 고통
을 벗어나게 할 수도 있다는 사실이다. 진실을 밝히는 행위는 '청렴한
의협심'을 보상해 줄 수 있을지 몰라도, 결코 어둡고 불행한 가난을 구
원해 주지는 못한다. 하여, 시우의 10개월 징역과 맞바꾼 돈 이백만 원
은, 비록 양심을 저버린 거짓의 대가이지만 보다 나은 삶을 보장하는
수단이 될 수 있다. 시우의 형 종우에게 이 선생이 건넨 수표가 '살아
있는 또 하나의 생명'으로 여겨지는 이유도 바로 여기에 있다.

이 수표를 이 선생에게 돌려 줄 것인가, 아니면 이 선생의 말 대로 백오십만 원으로 사건을 해결할 것인가. 그것은 물론, 생각할 여지도 없이, 병원에 들어서는 길로 이 선생을 찾아 수표에다 침을 발라 그의 면상에다 철썩 붙여 주어야 할 것이다. 그러나 한적한 가로를 걸을수록, 시간이 흐름에 따라, 종우의 마음은 차츰 그와 반대쪽으로 기울어지기 시작했다. 우선 그 막대한 금액이 주는 매력을 떠나서라도, 인간적인 도리에 마음에 걸려, 그렇게 박정하게 김 여사를 몰아세울 수만은 없을 것 같았다. 돈을 딱 잘라 거절한 그런 청렴한 의협심을 도대체 어느 누가 알아 줄 것이며, 그렇게 해서 돈을 깨끗이 거절한 후 아우가 떳떳이 퇴원을 하고 사모님이 구속된다면, 운전수인 아우의 입장에서도 하나 후련할 게 없을 것이다. 사모님의 사회적 체면을 여지없이 으깨어 버린 통쾌감보다도, 시우가 아랫사람으로서 윗사람을 잘 보필하지 못해 일어난 인간적 책임에 따른 죄책감을 실직당한 상태에서 쓰라리게 겪지 않으면 안 되리라.

진실과 양심을 수호하며 정직하게 살아간다고 해서 시우 가족의 가난이 해소된다는 보장은 없다. 시우의 경우처럼 '우연'에 기대지 않고는 보다 나은 직업을 가질 수 없는 절망적 사회이기 때문이다. 종우 또한 '공사판'에서 종일 일해 벌 수 있는 '때 묻고 구겨진 백원짜리 예닐곱 장'으론 내일의 희망을 설계할 수 없다.

이 지점에서 가난하고 선량한 장삼이사(張三李四)들의 내면적 갈등이 시작된다. 종우의 마음은 이 선생에게 돈을 돌려주어야 한다는 당위와 '그 막대한 금액이 주는 매력' 사이에서 갈등하다가 서서히 후자쪽으로 기운다. 나아가 스스로의 심리를 합리화하기에 이른다. 그가 우려하는 김 여사에 대한 '인간적인 도리' 혹은 '아랫사람으로서 윗사람을 잘 보필하지 못해 일어난 인간적 책임에 따른 죄책감' 등은 돈에 대한 유혹을 떨치지 못한 자신의 심리에 대한 변명일 따름이다.

「잠시 눕는 풀」이 주는 불편함은 여기에서 기인한다. 양심과 진실을 잠시 뒤로 하고, 마치 '복권에 당첨된 요행'(시우의 희생)과 같은 우연을 통해 가난을 탈출하려는 이들의 행위는 비난받아 마땅하다. 하지만 그리 간단한 문제만은 아니다. 이들을 그렇게 내몬 근본 원인이 정당한 노력이나 순결한 양심을 통해서는 결코 자유롭고 풍요로운 삶을 누릴수 없는 절망적이고 닫힌 사회구조에 있기 때문이다.

운명적 가난을 넘어서기 위해 자신의 양심을 팽개치고, '꼭 포줏집에 팔려 온 시골 숫처녀가 첫날밤 맞는 상'으로 '기묘한 웃음'을 터뜨리는 시우의 마지막 모습이 우리들의 내면을 사정없이 후벼 파는 이유도 바로 여기에 있다.

작가 김원일은 양심을 팔아버린 이러한 시우의 안타까운 모습을 언젠가는 일어서야 할 '잠시 눕는 풀'의 상징으로 위로하며, 이들을 그렇게 만든 우리 사회의 비정함에 조그만 돌을 던지며 파문을 일으키고 있다.

성실하고 순박하게 사는 서민들의 모습을 있는 그대로 품지 못하고, 급기야 양심까지 팔게 하는 이 비정한 사회에서 공허한 메아리로 돌아올 가능성이 높지만 그래도 소설가는 다음과 같은 질문을 끊임없이 던져야 한다.

'양심을 팔아버린 시우 가족에게 돌을 던질 수 있는 자 과연 누구인가?'

'외촌동'에서 길어 올린 주변부적 삶의 활기

외촌동에는 '변소'와 '우물'로 대변되는 공동체적 삶의 흔적이 남아 있으며, 대도시에서는 보기 힘든 젊은이들의 열정적 사랑이 녹아 있다.

한국의 근대화 과정에서 1960년대는 중요한 의미를 지닌다. 우리 사회의 구조가 도시 산업 중심으로 재편된 시기이기 때문이다. 널리 알려져 있듯, 근대화의 물적 기반은 풍부한 노동력이다. 정부의 수출 제일주의 경제 개발 계획은 저임금·저곡가 시스템을 구조화시켜 농민층을 급속도로 붕괴시켰다. 이에 따라 대규모 농촌 인구가 도시로 유입되기 시작하였다. 생존을 위해 도시로 밀려든 이주민들은 도시 중심부로 진입하지 못하고 도시 외곽에서 빈민층을 형성하게 되었다.

「정든 땅 언덕 위」는 급격한 도시화로 인해 생존의 터전에서 밀려난 도시 빈민들의 생생한 삶을 그리고 있는 작품이다. 작품의 배경이 되는 '외촌동'은 서울 안에 있으면서도 도시가 상징하는 화려한 중심부에서 소외된 주변부의 공간이다.

외촌동은 서울시 도시 계획에 따라서 무허가 집들을 철거한 시 당국이, 판자촌에서 살던 사람들을 위해 급작스럽게 조성한 동네다. 이곳에 사는 사람들은 "본디부터 이곳에 살아왔던 주민이라곤 하나도 없고, 다들 무슨 귀찮은 휴대물인 양 제 사정에 의하여 떠돌아다니다가 이런 구석에까지 밀리어" 들어온 이방인들이다.

「정든 땅 언덕 위」에서 주목해야 할 점은 외촌동 주민들의 삶이 그리 우울하거나 음산하지 않다는 사실이다. 오히려 야릇한 활력이 느껴지기까지 한다. 희망이 보이지 않는 가난의 악순환 속에서도 등장인물들은 저마다의 삶을 살아가고 있으며, 이들의 삶이 뒤엉켜 발산하는 인간다운 가치의 소중함이 작가의 따스한 시선을 통해 생생하게 포착되고 있는 것이다. "너나없이 억척스럽게 가난했기에, 그리고 우물과 변소를 같이 써야 했기 때문에" 외촌동 사람들 사이는 좋다고 할 수밖에 없다. "그것은 틀림없이 확실하다."

먼저 이 작품에 묘한 활기와 생명력을 불어넣고 있는 '공중변소'의 풍경을 살짝 엿보기로 하자.

"진영이 자지는 말방울 자지다."

어느 위대한 화가도 그려 낼 수 없을 것 같은, 침을 묻혀 가면서 일부러 그렇게 삐뚤삐뚤 썼을 것임에 틀림없는 큼지막한 그림이 이렇게 주장하고 있음을 당신은 볼 것이고, 그러면 당신은 진영이란 어린이의 고추가 말방울처럼 삐져나와서, 그리고 말방울처럼 명랑한 음향을 연주하고 있음을 듣게 된다. 그리고 당신은 진영이의 말방울 음향뿐만 아니라, 이 동네 전체에서 무어랄까 생(生)의 요란스런, 그리고 점잔 빼지 않는 낯선 음향이 들려오고 있음을 알게 된다.

스스로를 숨기고 점잔 빼기에 급급한 도시적 공간과 구별되는 '외촌동'의 활력이 잘 묘사된 대목이다. 직설적이고 선정적인 낙서지만 음란하거나 외설적인 인상을 주지 않는다. 오히려 작가는 이 낙서에서 어린이의 고추가 삐져나와 말방울처럼 명랑한 음향을 연주하는, 나아가 외촌동 주민들의 "생(生)의 요란스런", "점잔 빼지 않는 낯선 음향"을 듣는다.

작품의 말미에 이 변소의 낙서가 다시 등장한다. 머리카락을 자른 종애는 몹시도 허전하고 쓸쓸한 느낌을 달래기 위해 변소를 찾는다. 위의 낙서를 마주한 종애는 배시시 웃는다. 그녀는 "낙서의 문구가 하도 순진하게 보이고, 그리고 아주 마음에 들어서 한참 후에야 수줍음"을 느낀다. 여기에서 변소의 낙서는 수줍음을 느끼기 이전의 '순진함', 또는 날것으로서의 생(生)의 활력을 상징한다. 이렇듯 작가가 눈여겨보고 있는 외촌동 주민들의 모습은 도시적 삶에 익숙한 현대인처럼 가식적이지 않다. 거기에는 공중변소의 낙서와 같은 '명랑한 음향'이 스며 있는데, 이는 물질문명에 찌든 도시인들이 '촌스럽다' 또는 '구식이다'는 이유로 짐짓 외면한 생동하는 삶의 활력이라고 볼 수 있다.

'정의도'를 향한 '나종애'의 순정한 사랑 또한 외촌동에 활기를 불어넣고 있다. 젊은이들은 지긋지긋한 가난이 지배하는 외촌동을 떠나고 싶어 한다. 그들에게 외촌동은 임시 거주지일 뿐이다. 술집이나 고리대금업이 거의 유일한 경제 활동인 외촌동에서 이들이 할 수 있는 일은 거의 없다. 나종애는 과부댁의 술집 작부 제의를 거절한다. 돈 몇 푼더 받기 위해 변 노인이 요구한 위장 결혼 또한 단호하게 거부한다. 이는 정의도와의 사랑을 지키기 위한 몸부림인 동시에 외촌동의 가난과 결별하려는 의지를 담고 있다. 나아가 종애는 그저 지긋지긋한 외촌동의 삶을 견디기에 급급했던 지금까지의 수동적인 태도를 버리기에 이른다.

그녀는 생명과도 같이 소중하게 여기던 머리카락을 처분하고 비로소 '어른'으로 성장한다. 어른이 된 종애는 외촌동에 다시 나타난 정의도와 함께, 외촌동이 아닌 다른 곳에서 새로운 삶을 설계할 것이다. 작가는 이러한 열린 결말을 통해 외촌동 젊은이들의 순정한 사랑에 박수를 보내고 있다.

이렇듯 「정든 땅 언덕 위」의 외촌동은 붕괴되는 농촌 공동체와 새롭게 생성되는 대도시 사이에 끼어 있는 공간이라 할 수 있다.

여기에는 '변소'와 '우물'로 대변되는 공동체적 삶의 흔적이 남아 있으며, 대도시에서는 보기 힘든 젊은이들의 열정적 사랑이 녹아 있다. 박태순이 외촌동에서 길어 올린 생의 활력은 바로 이것이다.

하지만 외촌동은 도시로 편입될 수밖에 없는 운명이다. 문제는 어떻게 편입되느냐이다. 박태순은 「정든 땅 언덕 위」에서 각박한 도시 생활에 활력을 불어넣을 수 있는 희망 하나를 제시하고 있는지도 모른다. 이들, 공동체적 삶의 흔적과 순박한 사랑의 열정을 품고 외촌동을 떠나 도시로 진출하는 젊은이들이야말로 다가올 산업화 시대 한국 문학의 주인공들이 아니겠는가?

23 송기숙의 「개는 왜 짖는가」

양심의 실루엣을 엿보다

엄청난 이득을 보거나 물질적 성공을 보장받는 것도 아닌데 양심에 어긋나는 행동을 할 때가 종종 있다. 양심의 속삭임에 응답하는 것이 성가시고 귀찮아서 상대적으로 쉬운 길을 택하는 경우 또한 종종 발생한다. 당장 해결해야 할 과제가 눈앞에 널려 있는데, 가슴에 손을 얹고 내면의 목소리에 귀를 기울인다는 것은 부질없어 보이기까지 한다. 편한 길을 따라가면 문제가 없는데 굳이 먼 길을 돌아 불편한 양심을 들쑤실 필요가 있을까?

송기숙의 「개는 왜 짖는가」를 읽으면서 이러한 생각이 든 이유는 무엇일까? '불편한 진실'을 외면하고 살아가는 우리들의 자화상을 보여주고 있기 때문은 아닐까?

작품의 화자는 '판에 박힌 듯이 똑같은' 기사를 찍어내는 신문사 기자이다. 전에는 취재를 하면서 꼬치꼬치 따지며 파고드는 버릇이 있었으나, 지금은 무얼 집요하게 따지는 사람이 무작정 싫다. 음담패설이나 낚시, 분재, 등산 같은 화제가 아니라 정치나 시국 이야기가 나오면 슬그머니 자리를 떠나버리기 일쑤다. 이는 작품이 발표될 당시의 정치적 상황, 즉 '칼로 펜을 억압하는 시대'에 대한 알레고리로 읽을 수 있다. 독재 정권이 휘두르는 폭력에 시대의 양심을 전달하는 기자로서의 사명감이 잔뜩 주눅 들어 있는 형국이다. 이렇듯, 「개는 왜 짖는가」에는 1980년대의 암울한 현실이 바탕화면으로 깔려 있다.

　이러한 시대 상황을 중심으로 작품의 의미를 요약할 수도 있을 것이다. 이를테면, 동네 노인들은 불의를 참지 못하는 정의의 사도로, '또철이'는 공동체의 윤리를 훼손하는 암적인 존재로, 그리고 이 둘 사이에 끼여 제 역할을 하지 못하는 영하는 무기력한 지식인의 모습으로 이해할 수 있다. 그렇다면 이 작품의 주제의식은 현실의 요구를 실천하지 못하는 무능력한 지식인에 대한 풍자가 된다. 단순하고 명쾌하지만, 어쩐지 만족스럽지 못하다는 느낌을 지울 수 없다. 마치 '양심을 지키며 정직하게 살아야 한다'는 교훈을 강조하는 소설로 읽히기 때문이다. 물론 문학 작품이 교훈적 내용을 담해야 한다는 사실을 부인하고 싶지는 않다. 하지만 결과보다는 과정을 중시하는 문학의 속성을 되새겨볼 필요는 있다. 우리는 '부모를 업신여기는 패륜아는 벌을 받아 마땅하다' 혹은 '신문은 시대의 양심을 대변해야 한다' 등의 당위적 명제를 새삼 확인하기 위해 소설을 읽는 것은 아니다. 오히려 누구나 다 알고 있는 이러한 보편적 상식이 무엇 때문에 외면당하고 있는지를 심문하기 위해 문학 작품을 읽는다는 것이 정확한 지적일지 모르겠다.

이러한 점을 염두에 두고, 작중 화자 영하의 내면 풍경을 중심으로 작품을 따라가보자. 도시 변두리 지역으로 이사한 화자는 유별난 동네 노인들을 만난다. 노인들은 사사건건 동네일에 참견한다. 복덕방과 관련도 없으면서 화자의 집값 흥정에 나서 가격을 깎아주기도 하고, 이삿짐을 정리하는데 유자나무를 가져와 손수 심어주기까지 한다. 도시 생활에 익숙한 화자에게 이러한 '뜻밖의 호의'가 달갑지만은 않다. 심지어 기자라는 자기의 신분을 알고 이것저것 부탁해 올 것을 염려해 동네사람들과 관계를 맺지 말아야겠다고 다짐하기까지 한다.

하지만 같은 동네에서 살면 어떤 방식으로든 서로 얽히기 마련이다. 술에 취해 늦게 들어오다가 영감들 틈에 끼여 잠시 노닥거렸던 것이다. 이를 계기로 동네 노인들은 부모를 학대하는 막돼먹은 녀석을 고발하는 기사를 써달라고 부탁한다. 화자는 그런 사적인 일을 함부로 신문에 내기는 곤란하다며 머뭇거린다.

그때 갑자기 개가 짖기 시작한다. 노인들이 신문에 내주기를 바라는 '또철이'가 나타난 것이다. 노인들의 주장에 의하면, '또철이'를 보고 개들이 짖는 것은 그의 심성이 비뚤어졌기 때문이다.

"임자 같은 사람을 신문에 안 내면 뭣을 신문에 낸단 말이여? 개는

짖으라고 있고 신문은 나팔을 불라고 있는 것인데, 개도 못 봐서 짖는

일을 신문 기자가 손 개 없고 있으란 말이여? 신문 기자가 개만도 못한

줄 알아?"

　동네 노인들은 마을의 대소사에 사사건건 개입하여 잘못된 점을 바

로잡는 역할을 한다. 말 못하는 개도 비뚤어진 심성을 못 봐 컹컹 짖

는데, 사람 너울 뒤집어쓴 작자들이 그냥 구경만 할 수 없다는 것이다.

노인들이 내세우는 논리는 간단하다. '정직하게 사는 것'이다. 귀

가 닳도록 들어서 알고 있는 상식이지만, 이를 실천하기란 쉽지

않다. 양심이니 윤리니 도덕이니 하는 단어가 이미 불편한 진실

이 되었기 때문이다. 상식이 통하지 않는 시대가 된 셈이다. 이러

한 노인들의 태도는 억압적 정치 현실 때문에 상식(기자로서의 사명감)조

차 지키지 못하고 있는 화자의 불편한 양심을 들쑤신다.

　한편, '통새암거리'의 노인들은 거침없이 자라는 오동나무에 비유된

다. 노인들은 '오동나무처럼 거침없이 살다가 구김 없이 늙으며, 어디서

나 자기 할 소리 하며 자기 분수껏 이 세상에 나온 자기 몫을 하고 죽

어갈 사람들'이다. 이러한 노인들의 삶은 오동나무에서 들려오는 '우람

한 매미소리'와 포개지며 잠자던 화자의 양심을 일깨운다. 자연의 리

듬에 맞게 순리대로 살아가는 노인들의 삶과 비교했을 때, 화자의 모

습은 '화단 한쪽 햇볕에 내놓은 분재' 같은 처지가 아닌가?

이러한 성찰 과정을 거쳐 화자는 기사를 쓰기 시작한다. 써놓고 보니 그럴듯하다. 하지만 이 기사는 끝내 신문에 실리지 못한다. 정치부장이 쓴 글이 검열을 당해 기사로 나가지 못하게 된 모습을 본 화자는 자신이 쓴 기사를 슬그머니 휴지통에 버린다.

> 영하에게 갑자기 떠오른 게 있었다. 신문에 내기만 하면 저 죽고 나 죽겠다고 독기를 피우던 또철이의 눈이었다. 영하는 주머니에서 기사를 꺼내 슬그머니 휴지통에 넣어버렸다. 그가 무섭다기보다 귀찮았다. 뒤미처 골목 영감들의 얼굴이 떠올랐다. 좁쌀영감의 차가운 눈이 맨 먼저 떠올랐다. 셰퍼드의 시퍼런 눈도 떠올랐다. 갑자기 옛날 신문 배달 아이의 공포에 질린 눈도 지나갔다.

'골목 영감들의 얼굴', '좁쌀영감의 차가운 눈', '셰퍼드의 시퍼런 눈', '신문 배달 아이의 공포에 질린 눈' 등은 '무섭다기보다 귀찮'아서 짐짓 외면한 양심의 목소리를 상징한다. 양심을 휴지통에 버린 기자는 술기운을 빌려 객기를 부린다. 개만도 못한 기자가 술의 힘을 빌려 가까스로 개가 되는 아이러니한 장면은 눈물겹기까지 하다. 객기는 다음날 아침 쓰라린 부메랑으로 돌아온다. "개가 짖는 건 사람으로 치면 말하는 것이나 마찬가진데, 언론 자유가 어떻고 하시는 분이 개 주둥이를 묶어버린다면 그건 또 뭐예요." 아내의 말에 그로기 상태가 된 화자는

'분재 소나무'에 '실을 친친 감고 죽'은 '말매미'의 형상에서 자신의 모습을 발견한다.

'말매미'의 형상에 자신을 비추어보는 이러한 화자의 황폐한 자의식과 대면하는 순간, 우리는 자본의 논리가 지배하는 사회에서 양심의 목소리를 애써 외면해 온 스스로의 불편한 내면을 떠올리게 된다. 이를 통해 성가시고 귀찮아서 마음 한구석에 처박아 둔 양심의 실루엣을 엿볼 수 있으면 그 또한 행운이리라.

성찰과 반성, 혹은 부끄러움의 언어

'반성을 위한 반성'이 넘치는 시대다. '이렇게 살면 안되는데……'라는 성찰의 목소리가 넘쳐난다. '의식의 개혁'이 필요하다는 말이 여기저기를 떠돈다. 그렇다면 '어떻게' 성찰하고 반성해야 하는가? 쉽지 않다. 늘 '어떻게'를 건너뛰고 '앞으로는 잘 살아야지'라는 추상적 다짐으로 반성의 과정을 마무리하고 있지는 않은가. 그러고는 반성을 했다는 사실에 만족하며 스스로의 삶을 다독이곤 한다. 참으로 쉬운 해결책이다. 하지만 변한 것은 아무것도 없다. 구체적이지 않은 성찰은 결코 삶을 변화시킬 수 없기 때문이다. 그렇다고 절실한 반성이 삶과 사회를 충분히 변화시킬 수 있는 것도 아니다. 다만, 지속적이고 끈질긴 반성을 통해 세계를 조금씩 변모시켜 나갈 수 있을 따름이다.

양귀자의 「비 오는 날이면 가리봉동에 가야 한다」는 한 소시민(지식인)의 의식 변화 과정을 통해 반성과 성찰의 지난함을 탐색하고 있는 작품이다. 이 작품은 『원미동 사람들』(1986) 연작 중 한 편으로, 도시 하층민의 삶의 애환을 중산층의 시각으로 포착한 단편이다. 불신과 경멸의 대상이었던 '막노동꾼(임 씨)'의 모습이 그의 정직함과 순박함으로 인해 소시민(화자)의 허위의식을 성찰하는 '부끄러움의 화살'로 되돌아온다. 이를 통해 작가는 중산층의 속물의식을 날카롭게 해부하고 있다.

화자는 서울에서의 '전세 생활'을 청산하고 '연립 주택'을 마련해 원미동에 정착한 소시민이다. 비록 부천으로 밀려났지만, 서울에 번듯한 직장을 가진 자부심 강한 지식인이다. 화자는 집수리를 위해 일꾼 '임 씨'를 고용한다. 임 씨는 '연탄장수'가 주업이고 '여름 한철에만 이것저것 잡일을 하는 어설픈 막일꾼'이다. 화자는 이러한 임 씨를 미덥지 않은 불신의 시선으로 바라본다. '터진 데를 찾았으니 일은 다 한 것이나 마찬가지'라는 임 씨의 말에 '이십만 원' 가까운 견적 비용을 다 지불해야 하는 것은 아닌지 내심 불안해 한다. '공사판 막일'을 하는 처지니 '견적에서 돈 남기고' '공사'에서 '돈 남기'는 '못된 기술'만 배웠을 것이라 짐작한 것이다. 임 씨의 '살아온 내력'을 듣고 '도저히 구제할 수 없는' '지지부진한 한 인생'을 떠올린다. 하지만 이러한 '한심한 어떤 사내의 구구절절한 사연'은 '일편의 동정에 불과한' 미묘한 감정을 불러일으키기도 한다. 의심과 불신의 감정에 미세한 균열이 일어난 것이다. 함께 온 젊은이가 반나절의 수당을 받고 가버리자 화자는 임 씨를 도와 '잡역부 노릇'을 한다. 함께 일을 하는 과정에서 화자는 임 씨의 삶을 서서히 이해하기 시작한다. 공감의 감정, 즉 '저 열 손가락에 박힌 공이의 대가가 기껏 지하실 단칸방만큼의 생활뿐이라면 좀 너무하지 않나 하는 안타까움'이 솟아오르기도 한다. 이렇듯 불신의 감정을 넘어 동정과 안타까움의 시선을 획득하는 과정, 즉 타자의 삶에 다가가는 과정은 결코 녹록치 않다(아내보다 화자가 임 씨의 삶에 더 공감하게 되는 이유가 무엇인지 생각해 보라!).

작품의 후반부로 갈수록 임 씨를 내려다보던 화자의 시선이 점차 아래로 내려온다. 이윽고 임 씨의 정직한 노동과 순박한 삶의 태도가 화자의 의심과 불신을 압도하기에 이른다. 임 씨는 자신의 노동 비용을 '십팔만 원'이 아니라 '칠만 원'으로 정직하게 산정한다. 그리고 '옥상일'은 '써비스'라고 선언한다. 오히려 임 씨가 베푸는 자의 위치에 선 것이다. '수고했다는 말도, 고맙다는 말'도 한 씨의 '써비스'에 비하면 초라한 말이 아닐 수 없다. 화자는 심한 부끄러움을 느낀다. 뒤이어 임 씨와 화자의 술자리가 이어진다. 이제 이야기의 주도권은 임 씨에게로 넘어가고, '비 오는 날이면 가리봉동에 가야' 하는 임 씨의 기구한 사연이 펼쳐진다. '쉐타 공장'을 운영하는 사장에게 '일 년' 내내 연탄을 대 줬는데 그가 '연탄값'을 떼어먹고 '야반도주'를 했다는 것이다. 나중에 알고 보니 사장은 '가리봉동'에 가서 더 큰 공장을 차렸다. 하루하루 입에 풀칠하기 바쁜 임 씨는 밀린 외상값을 받으러 갈 여유가 없다. 그래서 '비 오는 날이면 가리봉동에 가야 한다.' 임 씨 가족은 '보증금 백 오십만 원에 월세 삼만 원짜리 지하실 방'에서 여섯 식구가 산다. 반면, '가리봉동' 공장 사장은 버젓한 '맨션아파트'에 산다. 그래도 찾아가면 '울상'을 지으며 먼저 '성깔'을 낸다는 것이다.

상황이 이러한데 어찌 '돈 있는 놈은 죄다 도둑놈이요', '돌고 돌아야 돈이라고? 돌고 도는 돈 본 놈 있음 나와 보래! 우리 같은 신세는 평생 이 지랄로 끝장'이라는 임 씨의 울분이 공감을 불러일으키지 않을 수 있겠는가. '참고 살다 보면 나중에는……' 화자의 말이 '모두 다 소용없는 일이야!'라는 임 씨의 기세에 눌려 중동무이되는 이유 또한 여기에 있다. 화자는 임 씨의 '핏발 선 눈을 마주 보지' 못한다. '엉터리 견적으로 주인 속이는 일꾼이라고 종일토록 의심하며 손해 볼까 두려워 궁리를 거듭하던' 자신의 모습이 들킬까 두려웠고, 임 씨가 말하는 '저 죽일 놈들' 속에 자신이 포함되는 것 같은 '어쩔 수 없는 괴리감'이 몰려왔기 때문이다.

결국 작가가 응시하고 있는 지점은 우리 사회의 모순된 계층구조, 즉 참고 산다고 '이 두터운 벽이, 오를 수 없는 저 꼭대기가 발밑으로 걸어와 주'지 않는 우리 사회의 답답한 자화상이다. '훌쩍훌쩍 울기 시작'하는 임 씨를 앞에 둔 화자의 '답답한' 마음은 작가의 심정과 그리 다르지 않을 것이다. 그렇다고 임 씨와 함께 하루를 보낸 화자의 삶이 크게 달라지지는 않을 것이다. 그는 다람쥐 쳇바퀴 같은 일상으로 복귀해야 한다. 하지만 이전의 삶과는 조금 다를 것이다. 이러한 차이로 인해 화자의 삶, 아니 우리들의 삶은 조금씩 변화하게 되는 것이다.

양귀자의 「비 오는 날이면 가리봉동에 가야 한다」는 추상적이고 자기만족적인 성찰의 언어가 범람하는 이 경박한 시대에, 임 씨의 삶을 지켜보는 화자의 미세한 의식 변화 과정('의심 / 불신 → 동정 / 안타까움 → 부끄러움 → 답답함')을 통해 진실한 반성의 지난함과 그것의 소중함을 일깨워주는 작품이다. 더불어 이러한 구체적 성찰의 언어, 즉 스스로의 허위의식을 까발리는 부끄러움의 언어가 우리의 삶과 사회를 조금씩 변화시키는 동력이라고, 낮은 목소리로 속삭인다.

이제 작가가 이 작품을 통해 던진 질문을 우리의 삶에 되비추어 보자. '임 씨는 빌려준 돈을 받아 고향으로 돌아갈 수 있을까?' '우리는 열심히 노력하면 성공할 수 있는 사회에 살고 있는가?' 그렇지 않다면 무엇이 문제인가?

메마른 도시적 삶을 적시는 순박한 인정의 세계

 오영수는 대부분의 소설에서 '인간의 순수한 본성'과 '아름다운 자연 친화적 세계'를 그리고 있으며, 토속적인 분위기의 농어촌을 배경으로 서정적인 인정의 세계를 추구하고 있다. 향토적인 공간이 아니면 자연과 합일된 순수한 인간성의 세계를 구축하기 어렵기 때문이다.

「화산댁이」는 도시를 배경으로 하지만, 오영수 특유의 분위기와 특성을 잘 녹여낸 작품이다. 줄거리는 간단하다. 두메산골에 사는 '화산댁이'가 도회지의 아들집을 찾았다가 겪게 되는 몇 가지 에피소드가 주된 내용을 형성한다. 농촌의 순박한 인정과 자연 친화의 세계를 지향하는 작가의 의지가 '화산댁이'의 내면에 담겨 표출되고 있는 것이다. 오영수는 '화산댁이'의 눈에 비친 낯설고 불편한 도시의 풍경을 통해 현대 사회에서 상실되어 가는 인간성의 회복을 염원한다. 그는 도시의 속물성에 젖은 아들과 며느리의 모습을 시골의 순박한 인정과 대비시키면서 소설의 주제를 효과적으로 부각시킨다. 특히 이러한 주제 의식을 가족 사이의 소통 부재로 형상화한 점은 주목할 만하다. 작품이 발표된 지 60여 년의 시간이 지났지만, 가족 공동체의 붕괴는 여전히 우리 사회의 근간을 흔드는 핵심 문제이기 때문이다.

"몇 해를 두고 벼른 아들네 집"에서 "밤을 새워도 모자랄 쌓이고 쌓인 이야기를 할 사이도 경황도 없이", 아들은 "일찍이 자소!"라는 무정한 한마디로 '화산댁이'를 잠자리로 내몬다. 허전하고 쓸쓸해서 잠이 올 리 없는 '화산댁이'로서는 그녀가 살았던 두메산골을 떠올리며 날이 새기를 기다릴 수밖에 없다. 홀로 누운 도시의 방 한 귀퉁이에서 '낡은 초가집'의 풍경은 다음과 같이 되살아난다.

애써 잠을 청해 본다. 그러나 잠 대신 화산댁이는 어느새 오리나무 숲 사이로 황토 고갯길을 넘고 있다.

보리밭이 곧 마당인 낡은 초가집이다.

빈대 피가 댓잎처럼 긁힌 토벽, 메주 뜨는 냄새가 코를 찌르는 갈자리 방에 아랫도리 벗은 손자들이 제멋대로 굴러 자고, 쑥물 사발을 옆에 놓고 신을 삼고 있는 맏아들, 갈퀴손으로 누더기를 깁고 있는 맏며느리, 화산댁이는 그만 당장이라도 뛰어가고 싶다. 아들의 등을 쓰담아 기침을 내려 주고 며느리와 무르팍을 맞대고 실컷 울고 나면 가슴이 후련해질 것만 같다. 또 뒤쳐 눕는다.

그렇다면 우리는 오영수가 지향하는 산골의 순박한 인정의 세계를 어떻게 바라보아야 할까? 문제는 그리 간단하지 않다. '화산댁이'가 그리워하는 따스한 인정의 세계는 농촌에서도 찾기 어려운 이상향에 가깝지 않을까? 이것이 오영수의 작품이 현실 도피적인 성격을 지녔다고 지적당하는 이유 가운데 하나다. 하지만 오영수의 소설이 도시적 삶이 외면한 인간 본연의 가치를 환기하고 있는 것만은 사실이다. 문명사회의 인간성 훼손 문제는, 그 당시 사회는 물론이고 오늘날까지도 진행 중인 근대 소설의 주요한 테마 가운데 하나다. 오영수 소설의 순박한 인정의 세계가 지니는 현재적 의미는 바로 여기에 있다.

하지만 '사라져 가는 인간성을 어떻게 회복할 것인가?'라는 문제로 무게 중심을 옮겨보면, 그의 소설은 뚜렷한 전망을 보여주지 못한다. 현실의 모순과 문제점은 대화와 소통을 통해 해소되어야 한다. 오영수의 소설은 거기까지 나아가지 못하고 있다. 이를테면 '화산댁이'는 도시적 삶에 물든 아들 내외에 대한 불만을 토로하고 가족 공동체를 회복하기 위해 노력해야 한다. 그렇지 않으면 이들 가족의 화합은 영원히 불가능할 것이다. 마치 아들(도시)과의 대화를 회피하듯이, '경주 가도'를 향해 걸음을 재촉하는 '화산댁이'의 모습이 못내 아쉬운 이유도 이와 무관하지 않다. 마찬가지로 오영수가 추구하는 순박한 인정의 세계

또한 낯설고 불편한 문명사회와 담을 쌓기보다는, 도시적 삶 속으로 스며들어 구체적 현실과 적극적으로 소통하면서 우리 사회의 독소를 해독하는 역할을 해야 하지 않을까 생각해 본다.

꿈을 상실한 현대인의 슬픈 초상

현재에서 이야기를 시작하여 과거에 일어난 사건을 회상하여 기술한 후 다시 현재로 돌아와 마무리하는 방식, 즉 '현재 → 과거 → 현재'의 구성은 가장 익숙한 소설적 글쓰기의 하나이다. 이러한 형식은 현재적 삶에 대한 불만을 과거의 순수했던 기억을 통해 극복하려는 의도를 담고 있다. 시간적 구성은 종종 공간적 구성으로 변형되기도 한다. 이를테면, 염상섭의 「만세전」에서는 '동경(일본) → 서울(한국) → 동경(일본)'으로, 김승옥의 「무진기행」에서는 '서울 → 무진 → 서울'로 변주된다. 여기에서 시간과 공간은 한 몸이다. 이러한 구성에서는 등장인물들의 의식 변모 과정이 주제의식을 드러내는 핵심 요소로 기능한다.

이동하의 「밝고 따뜻한 날」 또한 '현재 → 과거 → 현재'의 구성을 취하고 있다. 주인공 '나기배' 씨는 '국내 유수의 수출 종합 상사'에 근무하는 중역이다. 이른바 성공한 인물이다. 그는 일요일 한낮 겨우내 버려두었던 정원을 손질해 보고 싶다는 '엉뚱한 충동'을 느낀다. 나기배 씨가 지나온 삶은 '휴일 없는 캘린더'와 같았다. 그는 '스스로 설정한 목표에 늘 쫓기듯' 살아왔다. 정원을 손질하는 단순 노동은 그에게 '일상적 성공 뒤에 숨어 있는 허전함'을 발견하게 한다. 이윽고 '한 치의 여유도 없이' 앞만 보고 달려온 자신의 삶에 물음표가 던져진다. '성공'이라는 목표를 지우니 노동 그 자체의 기쁨이 뭉클하게 다가오기 시작한다. 그는 모처럼 만의 여유로운 노동을 통해 지난 삶을 되돌아보고 반성하는 계기를 갖게 된 것이다.

적당히 게으름을 부리면서 살 일인가 보다. 남들은 어떻게 사는지, 앞도 보고 옆도 보고 뒤도 힐끗힐끗 돌아보아 가며 그렇게 천천히, 느긋하게 살 일이 아닌가. 투자한 것보다 얻은 게 너무나 초라한 듯한 이 느낌. 때로는 엇길로도 한참씩 빠져들 줄 아는 그런 삶이 한결 풍요로운 것인지도 모를 일이라고 그는 생각하였다.

한창 땅을 일구던 중 '삽날을 통해 찌릿하게 전해오는' 대지의 '색다른 전언'을 듣는다. 흙을 떠내니 유리구슬이 든 조그만 분유통이 나왔다. 그는 아이들을 불러 구슬치기를 가르친다. 하지만 아이들은 이내 싫증을 내고 방으로 들어가버린다. 아이들이 구슬치기에 흥미를 잃자

나기배 씨는 '비참한 기분'에 빠져든다. 마치 지금까지 땀 흘려 쌓아 올렸던 무언가를 아이들이 일고의 미련도 없이 허물어버리고 만 것만 같아 '배신감'까지 든다. 견고하게 쌓아올린 '불혹의 생애'가 너무나 가볍게 흔들린다.

이 작품에서 구슬은 나기배 씨의 과거를 떠올리게 하는 소재이자, 아이들과의 세대 차이를 느끼게 하는 중요한 도구로 기능한다. 이 구슬을 매개로 딱지를 땅 속에 묻었던 나기배 씨의 추억 한 토막이 떠오른다. 현재에서 과거로 이동하는 순간이다. 과거의 아름다웠던 추억은 '형언할 수 없는' '벅찬 감회'를 불러오며 나기배 씨의 기분을 한층 유쾌하게 만든다.

하지만 더 이상 과거에 안주할 수 없다. '구슬과 딱지'는 '뜨락이나 길바닥에 아무렇게나 굴러다니며 잠깐씩 보는 이의 향수 같은 것을 희미하게 자극하다가 끝내는 발길에 채여 시궁창이나 쓰레기더미 같은데로 영영 모습'을 감출 따름이다. 이렇듯 과거의 추억은 현재의 소외감과 단절감을 선명하게 드러내는 데 기여한다.

나기배 씨는 '흡사 저 어린 시절로 되돌아가기라도 한 듯 야릇한 열정에 휩싸인 채' '혼자만의 놀이'에 몰두한다. 아내가 나타나 이상한 표정으로 나기배 씨를 내려다본다. 그녀의 눈에 비친 남편은 '도무지 믿기지 않을 정도로 폭삭 늙고 초췌한 모습'이었다. 아내가 비명을 지르는 것으로 작품은 마무리된다.

순수했던 과거의 세계를 동경하지만 결코 거기에 다다르지 못하는 것이 인간의 모순된 운명이다. 다만, 정원 손질이나 구슬 등의 우연한 계기를 통해 속물적인 삶 너머의 풍경을 잠시 엿볼 수 있을 뿐이다. 이 풍경은 현재의 세속적 삶을 낯설게 만든다. 물론 나기배 씨의 삶은 크게 달라지지 않을 것이다. 그러나 이전의 삶과는 조금 다를 것이다. 이러한 차이로 인해 나기배 씨의 삶, 나아가 우리들의 삶은 조금씩 변해 갈 것이다.

삶의 여정은 어린 시절 가졌던 동심을 조금씩 버려가는 과정이라 할 수 있다. '폭삭 늙고 초췌한' 나기배 씨의 모습에서 우리는 꿈을 상실하고 초라한 현실을 살아갈 수밖에 없는 현대인의 슬픈 초상을 대면하게 된다. 이 조금씩 포기한 '되찾을 수 없는 꿈'에 대한 형언할 수 없는 그리움이야말로 지긋지긋한 일상을 견디게 해주는 동력이라고, 「밝고 따뜻한 날」은 우리에게 넌지시 속삭이고 있다. 소설은 이 그리움을 자양분으로 삼아 부정적 현실을 감싸는 동시에 비판한다.

잃어버린 마음의 고향을 찾아서

　　작품을 읽는 내내 이범선의 「오발탄」이 머릿속을 떠나지 않았다. 「오발탄」은 한 월남 가족의 비극적 삶을 통해 우리 사회가 겪은 전쟁의 충격을 적나라하게 포착한 전후소설의 하나이다. 이 작품에서 '가자! 가자!'를 반복하는 실성한 어머니의 한 맺힌 절규는 고향으로 돌아가지 못하는 비극적 분단 상황을 상징적으로 드러내고 있다. 분단으로 인해 고향으로 돌아가지 못하게 된 절망적 현실이 급기야 늙은 어머니를 미치게 한 것이다. 이는 전쟁과 분단이 야기한 특수한 현실을 형상화하기 위해 작가가 의도적으로 강조한 장치의 하나인데, '성악가를 꿈꾸다 일상에 짓눌려 죽음을 맞이하는 아내, 대학생에서 양공주로 전락하여 비참한 삶을 살아가는 여동생 명숙, 군에서 전역한 후 권총강도가 되어 청춘을 일그러뜨리는 동생 영호' 등도 마찬가지의 경우라 할 수 있다. 이러한 전후의 암울한 현실 속에서 주인공 철호는

'신의 오발탄'처럼 방향을 상실하고 절망하는 소시민으로 그려진다.

이처럼 전후세대의 작가들은 전쟁이 야기한 극한적 삶의 실상을 고발하고 증언하는 데 역점을 두었다. 이들의 작품이 '전후소설'이라는 테두리에 갇히는 이유도 이와 무관하지 않다.

임철우의 「눈이 오면」 또한 「오발탄」과 비슷한 상황을 보여주고 있다. 주인공은 「오발탄」의 철호와 같이 절망적 현실 속에서 허우적거리고 있으며, 칠순에 가까운 어머니는 정신 줄을 놓고 고향 '꼬두메'로 돌아가자고 재촉한다. 마치 작중 상황이 1950년대에서 1980년대로 옮겨온 듯하다.

눈여겨봐야 할 점은 「오발탄」보다 「눈이 오면」이 우리에게 더 감동적으로 다가온다는 사실이다. 그 이유는 무엇일까? 전자가 전쟁의 충격이라는 시대적 상황에 갇혀 있다면, 후자는 작품이 발표된 당대의 상황을 인류 보편의 문제로 확장하고 있기 때문이 아닐까?

물론 특정 시대의 삶을 훌륭하게 재현하는 것도 좋은 문학의 한 조건일 수 있다. 문제는 그 시대와 '지금 여기'의 현실 사이의 대화이다. 작중에 형상화된 삶의 양상이 현재를 살아가는 우리에게 어떤 시사점을 주는가가 작품의 가치를 판단하는 중요한 척도이기 때문이다.

이를 염두에 두고 임철우의 「눈이 오면」을 감상해 보기로 하자.

여기 노인성 치매에 걸린 칠십의 어머니가 있다. 그녀는 현재의 기억(삶)을 버림으로써 과거의 시간을 살고 있다. 그렇다면 '꼬두메'를 고집하는 어머니의 삶이 앞만 보고 달려온 아들 세대에게 던지는 메시지는 무엇일까?

먼저 아들의 삶을 따라가보자. 어머니의 '고왔던 젊은 날의 흔적'을 담고 있는 고향 마을(꼬두메)은 아들에게 '쓰디쓴 슬픔과 가난'으로 얼룩진 '저주'의 공간으로 각인되어 있다. 그는 고향 마을을 외면한 채, '매몰차고도 척박한 도시의 뒷거리를 병든 개'처럼 '비틀거리며' 살아왔다. 이런 '못난 자식'의 '피곤하고 가난에 찌든 생활'이 고향에 대한 어머니의 간절한 그리움을 틀어막아버렸다. 그러던 어느 날 어머니는 정신의 줄을 놓아버린다. '꾸준하게 똑딱거리면서 어김없이 제시간에 종을 울려 주는 정교하고 단단한' '괘종시계'와도 같았던 어머니의 영혼이 일순간 무너진 것이다. 이를 통해 화자는 비로소 어머니와 고향, 그리고 자신의 삶을 다시 바라보게 된다.

무엇이 그 오랜 세월 어머니 당신 홀로 꿋꿋하게 버텨 오시던 그 끈질긴 싸움으로부터 저렇듯 잔인하게도 어머니를 넘어뜨려 버린 것일까.

「눈이 오면」은 이 질문에 대한 해답을 집요하게 추적한다. 어머니는 서울(도시)로 대변되는 현실 세계를 버리고 '그녀 혼자만 알고 있는 자신의 내밀한 세계', 즉 '꼬두메'로 정신적 망명을 감행했다. '당신만의 소중한 세계'이자, 이 세상에는 더 이상 존재하지 않는 환상 속의 마을이다. 어머니는 '이젠 더 이상 아무도 그곳을 기억해 주지 않는 이 땅을 떠나, 그 과거의 이름들이 아직 살아 숨 쉬고 있을 또 다른 세계를 찾아 길을 나선 것'이다. 하지만 그곳은 '아무도 찾아갈 수 없는 망각의 땅'이다.

이 작품에서 주의 깊게 살펴보아야 할 점은 '두 아이의 아버지가 된' 아들 또한 어머니의 본모습이 아니라 '헛것(환상)'을 보아왔다는 것이다. 깨달음은 늘 '뒤늦은 후회와 죄책감'을 동반한다. 다시 말해 '어머니의 몰락'이 역설적으로 아들에게 어머니와 자신의 진짜 인생을 돌아보게 한다는 점이다. 어머니는 단 한 순간도 '한쪽 눈을 못 보는 아버지와 착한 형', 그리고 '어린 시절' 화자의 '앳된 얼굴'을 잊지 못했다. 화자는 그러한 어머니의 모습을 보지 못했다. 아니, 외면했다. 그는 자신에게 힘이 되어주는 이상화된 어머니의 이미지에 갇혀, 그 '그늘 안'에 안주하며 살아왔다. 자신이 보고 싶은 모습만 본 것이다. 그렇다면 진짜 치매를 앓았던 것은 지난 3개월 동안의 어머니가 아니라 삼십오 년을 살아온 아들인 셈이다. 이 어머니의 그늘이 무너지자 '서울로 떠나온 후 십삼 년이 넘도록 한 번도 찾아가 보지 못한' 고향이 비로소 떠오른다. 따라서 '고향 가는 길'은 35년간 망각했던 기억을 되찾는 과정이자, 스스로 의식하지 못했던 눈에 보이지 않는 '치매 증상'을 치유하는 행위이기도 하다.

어머니의 '기막힌 보리밟기'가 치매 아닌 치매에 시달리며 마음의 고향을 잃어가는 현대인에게 던지는 메시지는 아래와 같다.

> 유난히도 풀잎의 푸르른 빛깔을 못 잊어 하던 어머니였다. 눈을 들
> 면 사방 어디에고 온통 잿빛으로 뒤덮인 집들이며, 붉은 황토 한 줌 쥐
> 어 볼 수 없는 거리와 골목, 그리고 항상 부옇게 매연에 절어 있는 도
> 시의 탁한 하늘을 바라보며 어언 십 년이 넘도록 살아오고 있었지만,
> 어머니는 아직도 서울의 척박한 콘크리트 땅에 뿌리를 내리지 못하고
> 있었다.

작가는 마치 다음과 같은 질문을 던지고 있는 듯하다. '지금 여기'의
우리는 과연 도시의 '척박한 콘크리트 땅'에 온전히 뿌리를 내리고 있
는가?

이렇듯, 임철우의 「눈이 오면」은 어머니(과거)와 아들(현재), 고향
(꼬두메)과 도시(서울), 광기(실성)와 이성(현실), 작중 현실(텍스트)과
현재의 삶(독자) 사이의 진솔한 대화를 통해 '지금 여기' 우리 삶
의 건강성을 심문하고 있다.

마지막으로 독자의 마음을 사로잡는 임철우 특유의 서정적 문체를
언급하지 않을 수 없다. 특히, 흩날리는 눈발, 국수에서 피어오르는 하
얀 김, 서리가 내린 듯한 어머니의 반백 머리카락, 흰 수국 꽃송이들처
럼 자그맣게 빛나는 불빛, 눈송이처럼 하얗게 흩어져 내리는 눈부신

쌀알 등 정교하게 구축된 '흰 색'의 이미지들은, '망각의 땅'을 찾아 '은빛 세상'으로 나아가는 작중 인물들의 포근하면서도 차가운 여정을 효과적으로 드러내는 데 기여하고 있다. 이 하얀 이미지들에 주목하여 작품을 다시 읽어본다면, 소설 속에 녹아 있는 시적 상상력의 아름다움을 체험하는 보너스를 얻을 수 있을 것이다.

인간과 사물의 가치가 전도된 현대 사회의 모순

최인호의 「타인의 방」은 인간과 사물의 관계가 전도된 현대 사회의 모순, 즉 인간소외 현상을 초현실주의 기법으로 형상화한 단편이다. '소외'란 인간의 편의를 위해 만들어진 사물이 오히려 인간을 지배하게 되는 역설적 상황을 가리킨다. 인간이 돈, 상품, 아파트 등 물질의 노예가 되는 경우나, 인간다움의 가치가 물질적 기준으로 평가되는 상황 등이 여기에 해당한다. 이러한 소외 현상은 인간을 주변 환경으로부터 단절시켜 고독감, 우울함, 무력감 등에 빠져들게 한다.

최인호는 사물이 인간을 지배하게 되는 이러한 소외현상을 날카로운 감수성으로 포착하고 있다. 「타인의 방」에 나타난 인간소외 현상을 세 가지 측면으로 나누어 살펴보기로 하자. 먼저, 사물(아파트)과 인간(화자) 사이의 관계이다. 집은 인간의 안식과 휴식을 위해 만들어진 공간이다. 하지만 화자에게 아파트는 '겨우' 돌아왔지만 아무도 반겨주지 않는 고독한 장소일 뿐이다. 인간적인 훈기는 그 어디에도 존재하지 않는다. 3년을 살아왔어도 옆집 사람의 얼굴조차 알지 못해 서로를 의심하는 사물화된 공간이다. 이러한 아파트의 주인은 인간이 아니라 사물이다. 그야말로 '타인의 방'이다.

다음으로, 인간(아내)과 인간(화자) 사이의 소외현상이다. 사물이 주인이 된 세계에서 '인간다움'은 더 이상 유지될 수 없다. 하여 인간과 인간의 관계 또한 소외된다. 화자는 퇴근하는 남편을 위해 문을 열어주고 '더운 음식'을 대접해 주는 인간적인 아내를 원한다. 하지만 그런 아내는 없고 거짓말로 남편을 속이고 집을 비우는 비정한 아내가 있을 뿐이다. 아내가 남겨놓은 껌(물질)으로 억지 위안을 삼는 화자의 모습은 이러한 인간소외 현상을 단적으로 보여주는 예이다. 이 작품에서 인간적인 부부관계는 찾아볼 수 없다. 다만, '부동의 자세로 누워' 있는 '가구 같은 정물'의 남편과 '하체에 자크가 달린' '질 좋은 방한용 피륙' 같은 아내가 있을 따름이다.

마지막으로, 스스로에게 소외되는 인간의 모습이다. 이는 인간소외 현상의 극단이라 할 수 있다. 화자는 무심코 중얼거린 자신의 목소리가 '타인의 소리'로 들리는 현상을 경험한다. 스스로가 낯설게 느껴지는 상황에 이른 것이다. 물질과 인간(아내)으로부터 소외된 화자는 급기야 자기 자신으로부터도 소외되어 정체성을 상실하기에 이른다.

이렇듯 인간은 생명력을 잃고 점차 사물이 되어가는 반면, 사물들은 살아 움직이기 시작한다. 최인호는 이러한 물질과 인간의 전도 현상을 빛과 어둠의 대비를 통해 효과적으로 제시하고 있다. 화려한 문명의 빛에 가려진 현대 사회는 겉으로 보기에 아무런 문제가 없는 것처럼 보인다. 하지만 스위치를 내려 어둠(물질문명의 이면)이 찾아오면 사물들은 '비늘 번뜩이는 물고기'처럼 '뿌듯한 생명감과 안간힘의 요동으로 충만'되어 일제히 춤을 추기 시작한다. '어둠과 어둠이 결탁'하여 '역적모의'를 하는 반역의 순간이다. 다시 스위치를 올려 빛이 들어오면 사물들은 '뻔뻔스러운 낯짝'으로 '시치미'를 떼며 제자리에 가라앉는다. 이러한 빛과 어둠의 교차를 통해 작가는 비약적 경제발전의 이면에 가려진 인간소외 현상의 폐해를 생생하게 표출하고 있는 것이다.

더욱 충격적인 것은 화자가 사물과 '공범'이 되어 문명사회에 대한 '쿠데타'에 자발적으로 참여한다는 점이다. 그는 '소켓의 좁은 구멍(사물)'에 '접촉'함으로써 '온몸에 충만한 빛을 느낀다.'

방 벽면 전기다리미 꽂는 소켓의 두 구멍 사이에서 소리가 들려온다. 친구여, 귀를 좀 대봐요. 내 비밀을 들려줄게. 그는 그의 오른쪽 귀를 소켓에 밀착한다. 그의 귀가 전기 금속 부품처럼 소켓의 좁은 구멍에 접촉한다. 그러자 그의 온몸이 고급 전기난로처럼 달아오르기 시작한다. 그의 몸에 스파크가 일고, 그는 온몸에 충만한 빛을 느낀다.

인간으로서의 정체성을 상실한 화자는 사물이 됨으로써 새롭게 '부활'한다. 사물의 세계로 '망명'한 것이다. 사물이 됨으로써 비로소 인간일 때 상실했던 생명력과 활기를 되찾는다는 설정은 극단화된 인간소외 현상에 대한 섬뜩한 풍자이자 비판이다. 나아가 이러한 망명이 아내가 며칠 가지고 놀다 버리는 장난감으로의 변신에 불과하다는 결말은 우리 사회의 비정함을 환기하며 진한 여운을 남긴다. 징그러운 벌레로 변하는 주인공의 모습을 통해 현대 사회의 인간소외 현상을 우화적으로 비판한 카프카의 「변신」이 떠오르는 장면이다.

현대인은 잃어버린 자연을 되찾을 수 있을까?

우리는 모든 것이 상품화되는 시대에 살고 있다. 소비 사회의 이데올로기는 자연(고향 / 시골), 심지어 이를 그리워하는 애틋한 마음까지 이미지와 기호로 포장하여 상품화한다. 잃어버린 자연에 대한 도시인의 향수를 자극함으로써 자연과의 가상적 유대를 만들어내는 셈이다. 이에 따라 자연 그 자체는 온데간데없어지고 자연에 대한 이미지만 도시를 떠돌게 된다. 현대인들은 소비사회가 만들어낸 자연의 이미지를 소비하면서 마치 실제 자연의 품에 안긴 듯한 편안함을 느낀다. 자연에 집착하는 도시인의 허구적 욕망은 여기에서 비롯된다.

'현실과 가상과 전도', 혹은 '실재보다 더욱 리얼한 환상' 등이 내포하고 있는 의미, 즉 가상의 이미지가 구체적 삶을 압도하고 있는 모습은 이러한 현실과 무관하지 않다. 사랑에 빠져 있는 연인을 예로 들어보

자. 그 혹은 그녀로 향한 이들의 사랑을 '진짜'로 규정할 수 있는 근거는 무엇일까? TV 드라마나 쇼 프로, 영화 등의 매스미디어가 생산하고 있는 사랑의 이미지를 우리 시대 연인들은 사랑이라고 믿고 알콩달콩 소비하고 것은 아닐까? 우리들이 마음속에 품고 있는 동경의 대상이 꾸며진 가공의 이미지는 아닐까?

삼십 대 후반 동창생들의 허무한 '도시 탈출' 여행을 형상화하고 있는 최일남의 「서울 사람들」은 이러한 문제들을 곱씹어보게 한다. 등장인물들은 '도시의 문명이나 잡답(雜沓)' 등을 피해 '며칠이라도 자연의 품'에 안겨보고자 여행을 떠난다. 이들은 '고향 같은 무드'를 상상하며 마치 '소풍 가는 아이들처럼 시시덕거리며 어렸을 때의 추억을 더듬는다.' 서울을 떠난 동창들은 K읍에서 S읍으로 가는 막차를 갈아타고, 밤길을 십 리나 걸어 외딴 마을에 도착한다. 그들은 '토장국', '초가지붕', '남폿불', '돌소금', '시퍼런 무총김치' 등 시골(고향)의 이미지에 매료된다. 하지만 이는 '다분히 어떤 분위기에 애써 자기를 함몰시키고, 거기에서 자기 나름의 기쁨을 얻으려는 의식적인 노력'의 산물이다. 마음속에 품은 고향에 대한 향수, 즉 도시적 삶이 만들어낸 가공의 이미지에 농촌의 실제적 삶을 끼워 맞추려는 행위인 것이다. 하지만 농촌의 현실은 이들이 꿈꾸었던 자연의 품(시골 / 고향)과는 거리가 멀다.

간밤부터 마신 막걸리가 쉰 냄새와 함께 목구멍에 괴어 오르고 돌

청소년을 위한 키워드로 이해하는 한국소설 50선

소금으로 이를 닦다가 생채기가 난 잇몸이 이따금 아렸다. 간밤에는 못 느꼈는데 남폿불에서는 매캐한 냄새가 코를 찌르고, 한옆으로 쌓아 놓은 이부자리에서는 퀴퀴한 냄새가 나는 것 같았다. 그리 넓지 않은 들판에 섰을 때는 그렇게도 속이 시원했는데 이틀째가 되면서부터는 들판은 그냥 들판일 뿐 별다른 감흥을 가져다주지 않았다. 산천이 마음속에 있을 때는 그렇게 좋았는데 막상 그 속에 파묻혀 보니까 갑갑하기만 하다고 윤경수도 말했다. 그는 더 말은 안 했지만 서울서 떠나올 때의 마음과는 달리 누가 자기의 생활을 이런 곳으로 끌어내릴까 봐 겁을 먹고 있는 것 같기도 했다.

동창들은 이내 그토록 벗어나고자 했던 도시의 기호인 '커피'나 '텔레비전 쇼', '히야시 맥주', '우유' 등을 그리워하기에 이른다.

당장 눈앞에서 겪는 일들은 우리들의 얄팍한 감상(感傷)을 그렇게 덧없는 것으로 만들어 놓고 있었다. 일상에 묻혀 오랫동안 감추어져 있던 회향(回鄕)에의 의지가 어느 날 갑자기 고개를 쳐들어 신나게 달려왔으나 가슴속에 간직해 왔던 그 낯익고 신선한 경이(驚異)를 즐기기에는 우리는 너무 소시민적인 안일(安逸)에 젖어 있었음을 확인한 꼴이 되고 말았다.

이들이 품었던 '회향(回鄕)에의 의지'는 실제의 '산천'과 너무나 달랐다. 도시적 삶이 포장한 고향의 이미지에 젖어 있었기 때문이다. 화자는 '무교동이나 종로바닥에서 맥주를 마시며 산촌(山村)의 정경을 얘기하던 자기들이 얼마나 얄팍하고, 배부른 여담(餘談)'의 주인공이었는지를 깨닫는다. 더불어 형편없는 서울 촌놈들의 '등골뼈 밑으로 칠팔 센티미터쯤 자란 속물(俗物)의 꼬리가 대롱대롱 매달려 있는 걸 의식'한다.

도시는 자연의 파괴와 향수라는 양면적 과정을 통해 조성되었다. 자연은 도시화의 과정에서 파괴된 이후, 휴식과 안식을 주는 목가적 공간으로 다시 태어났다. 문명사회는 향수를 통해 자연을 '아름다움의 공간'으로 재가공한다. 하여, 자연은 근대 문명의 물질적 풍요에 공허감을 느끼는 사람들이 증가할수록 매혹적인 대상으로 자리 잡는다. 이러한 자연에 대한 집착은 그것으로부터 소외되었다는 사실, 즉 일상생활에서 자연과 교류할 수 없게 되었다는 사실을 역설적으로 보여줄 뿐이다. 자연은 살아 있는 존재에서 추상적 존재로, 자율성을 지닌 존재에서 도구적 존재로 전락한다. 도시인은 자연을 직접적으로 체험할 수 없는, 살아 있는 자연과 교류할 수 없는 처지에 놓이게 된 것이다.

「서울 사람들」의 주제를 '도시인의 속물적 근성 비판'으로 명료하게 정리할 수도 있겠다. 하지만 이렇게 요약하기엔 뒤끝이 개운하지 못한 것 또한 사실이다.

조금 더 나아가 다음과 같은 질문을 던져보고 이에 대해 고민해 보면 어떨까.

'도시인의 속물적 근성은 가상적 이미지를 생산·소비하는 현대 사회의 메커니즘과 관련 있는 것은 아닐까? 혹 내가 품고 있는 꿈도 문명사회가 만들어낸 가공의 이미지는 아닌가?'

물질문명의 '뒷골목'

하근찬의 「삼각의 집」은 자본의 논리가 지배하는 시대를 살아가는 현대인의 마음 한구석을 들쑤시는 작품이다. 가슴속에 꾹꾹 눌러두고, 끄집어내기 싫은 그 무엇을 돌아보게 하기 때문이다. 이를테면, 돈의 논리가 모든 것을 지배하는 이 사회의 모습이 마음에 들지는 않지만, 그렇다고 자본의 논리를 벗어날 수도 없는 처지에 놓인 근대인의 자의식 같은 것 말이다. 우리는 「삼각의 집」 같은 소설에서 '선진국 / 후진국', '제국주의 / 민족주의', '가진 자 / 가지지 못한 자' 등으로 대비되는 문명의 야만, 즉 세계화의 허울을 쓴 자본주의의 '맨얼굴'을 만난다. 문명과 문화, 나아가 인간의 다양성조차 집어삼키는 자본주의의 냉혹한 현실 앞에 어찌할 바 몰라 연신 '딸꾹질'과 '재채기'를 해대는 섬세한 영혼의 감수성을 만날 때 우리는 화들짝 놀라 물러서며 '지금 여기'의 삶을 낯설게 보기 시작한다. 하근찬의 「삼각의 집」은 이 들추어내고 싶지 않은 문명사회의 치부를 집요하게 추적하면서 우리 삶의 건강성을 심문하고 있는 작품이다.

이 작품을 읽는 내내 종두의 트럼펫 소리가 부담스러웠다. 아니, 두려웠다. 자본의 논리가 지배하는 냉혹한 사회를 살아내기 위해 잠시 놓아버린 양심의 목소리를 들추어내고 있기 때문일까. 「삼각의 집」은 시대에 뒤처지지 않기 위해 앞만 보고 달려온 현대인에게, 우리 사회의 '뒷골목'을 정직하게 바라보라고 채찍질한다.

작품의 서두에 제시된 사진 속 풍경들은 이 소설의 주제의식과 작가의 예술관(문학관)을 집약적으로 표출하고 있다. 먼저, '소도시의 뒷골목'을 배경으로 '비뚜름하고 희끄무레한 담벼락에 남루한 옷을 걸친 소년이 한 손에는 불란서 문자가 선명하게 찍혀 있는 깡통'을, 다른 한 손에는 '하얀 꽃을 한 송이 들고 기대 서 있는 사진'이다. 제목은 '알제리아의 소년'이다. 이어 알제리를 소재로 한 '식민지의 봄'이라는 제목의 사진이 나온다. '알제리의 독립 운동 단체인 FLN의 유격대원쯤 되는' '피로한 표정'의 젊은이가 '쩍 벌어진 어깨에 소총'을 둘러메고 서 있는데, 그의 '어깻죽지에 조그만 나비'가 한 마리 붙어 있다.

이 두 사진은 「삼각의 집」이 발표된 1960년대나 지금이나 변하고 있지 않은 자본주의 사회의 어두운 면을 적나라하게 포착하고 있다. 물질적 풍요와 낭만적 예술의 천국으로 널리 알려진 프랑스의 어두운 과거, 즉 프랑스의 식민지였던 알제리의 슬픈 역사를 담은 사진들이다. '불란서 문자가 선명하게 찍혀 있는 깡통'과 대비되는 '하얀 꽃 한 송이', '피로한 표정'의 젊은이가 둘러매고 있는 '소총'과 대조되는 '나비 한 마리' 등은, 이러한 역사의 명암(明暗)을 선명하게 부각시키는 '미적 감각'을 암시한다. 작가는 '현실을 보는 눈' 혹은 '인생과 역사를 생각하는 마음'이 반영된 아름다움에서 예술의 '깊은 맛'이 우러난다고 보고 있다.

「삼각의 집」에는 세 개의 집이 등장한다. 먼저 크리스마스를 소재로 한 미국의 사진 작품에 찍힌 '개집'이다. '곁에 조그만 크리스마스트리가 세워져 있고, 지붕에는 십자가'가 꽂혀 있는, 미국 중산층 가정이 지닐 법한 물질적 풍요로움을 담고 있는 사진이다.

다음으로 '지면에서 약 세 뼘 가량 흙으로 벽을 쌓아서 그 위에 삐죽하게 지붕을 얹'은 종두의 판잣집이다. '군데군데 레이션 박스 조각으로 땜질'을 해놓은 지붕을 본 화자는 '불란서 문자가 선명하게 찍혀 있는 깡통을 들고 담벼락에 기대 서 있는' '알제리의 소년'을 떠올린다. 작가는 프랑스의 식민지였던 알제리의 뒷골목 풍경과 미국의 영향 하에 있는 한국의 산동네 풍경을 겹쳐놓은 것이다. 나아가 종두의 지난 삶을 서술하는 대목에는 선진국의 문화를 맹목적으로 추종하다 가랑이가 찢어진 후진국 빈민층의 비애가 선명하게 드러난다. 종두는 영어를 배워야 출세를 한다고 '미군 부대 하우스보이'로 들어갔다가 '친구의 밀고'로 쫓겨난 이후, '외래품 장사'를 하다가 '함께 장사하던 사람의 배신'으로 밑천을 '홀랑 털어 버리고' 만다. 이를 통해 종두는 '사람은 믿을 수 없다는 철학'을 갖기에 이른다. 하여 삼각형의 판잣집을 짓고 '절대로 배신 안' 하는 동물(꿩)을 길러 '꿩의 왕국'을 만들겠다는 '원대한 계획'을 세운다. 그는 '트럼펫'으로 〈아리랑〉을 불며 꿩을 길들인다. '누런 눈곱이 비어져 나오는 줄도 모르고 신명이 나서 나팔을 불어대던' 종두의 모습은 화자에게 깊은 인상을 남긴다.

하지만 이러한 종두의 꿈도 새로운 '삼각의 집'에 의해 가차 없이 부서진다. '가난한 자에게 하나님의 은혜를' 베풀겠다는 '교회'에 의해 '무허가 판잣집'이 철거되고 말기 때문이다.

미국 중산층의 개집, 이 개집보다도 못한 '종두'의 보금자리, 그 판잣집마저 헐고 새로이 들어서는 교회. 이 세 '삼각의 집'을 통해 작가는 우리 사회의 어두운 단면을 날카롭게 파헤치고 있다. 특히, '한국적인 멋'을 담아 '빠리'의 사진 콘테스트에 출품하려는 P와 동행하여 종두의 집을 찾은 화자 앞에 펼쳐진 '뜻밖의 광경'은 진한 비애감을 느끼게 한다. 철거되고 있는 자신의 집을 바라보면서 처량하게 〈아리랑〉을 불며 꿩들을 불러 모으고 있는 종두의 모습은 화자에게 '콧잔등이 시큰해지는' 느낌을 불러일으킨다. P군은 좋은 소재라도 얻었다는 듯이 카메라를 꺼내 이리저리 열심히 '핀트'를 맞추기에 여념이 없다. 비정한 철거 풍경이 '한국적인 멋'으로 변신하는 장면이다.

지구의 한쪽 편에서는 먹고 남은 음식물 쓰레기 처리로 몸살을 앓고 있으나, 다른 한편에서는 한 끼의 먹거리를 구하지 못해 굶주림에

허덕이고 있는 사람들이 넘쳐난다. 지금 우리가 누리고 있는 물질문명의 화려함은 이러한 대조적이고 모순적인 풍경을 은폐하고 있는지 모른다. 알제리 청소년들의 기아와 희생을 바탕으로 프랑스 문화의 화려함이 꽃핀 것일 수도, 선진국의 문화를 좇아 성공하려던 종두의 좌절을 기반으로 미국 중산층 정원의 풍요로운 개집 풍경이 가능했을 수도, 무허가 판잣집의 철거라는 비윤리성을 담보로 가난한 이에게 행복을 주겠다는 웅장한 교회가 들어설 수 있었는지도 모른다.

작가는 이러한 세 '삼각의 집'을 병치시킴으로써 우리 사회에 만연한 불합리와 모순을 세계사적 시각에서 포착하고 있다. 그때나 지금이나 별반 달라진 것이 없는 자본주의 사회의 모습을 곱씹어 볼 때 이러한 작가의 날카로운 현실인식은 놀랍기까지 하다.

이러한 요지경의 현실을 앞에 두고 우리가 할 수 있는 일은 무엇인가? 작가의 경우를 살짝 엿보기로 하자. 화자는 판잣집이 헐리는 '수라장' 속에서 처량하게 울려 퍼지는 트럼펫 소리를 듣고 와들와들 떨다가 '그만 깔딱깔딱 하고 딸꾹질'을 하기 시작한다. 또한 '무허가 판잣집을 철거해 낸 대지 천오백 평을 불하'받아 교회를 지을 계획이라는 신문 기사를 접하고 '별안간 콧구멍'이 간질간질해지면서 '재채기'를 하기 시작한다. 화자(작가)는 몸으로 모순된 현실에 반응하고 있는 셈이다. 우리는 '온몸'으로 부조리한 세상에 말을 거는 이러한 작가의 모습을 통해 '지금 여기'의 현실을 되돌아보는 소중한 기회를 얻을 수 있다.

4. 성장과 성찰

온전한 삶을 위한 지난한 성장

31 이청준의 「침몰선」

서글픈 성장 이야기

이청준의 「침몰선」은 한 소년이 청년으로 성장해 가는 과정을 담고 있는 일종의 성장소설이다. 성장소설은 성장기의 주인공이 자아에 눈뜨면서 자기를 둘러싼 외부 세계와 대립하고 갈등하는 가운데 정신적으로 한 단계 승화되는 과정에 의미를 부여하는 소설이다. 흔히 교양소설(敎養小說)이라고도 한다. 삶을 구성하는 두 요소인 내면세계와 외부 현실 사이의 간극을 확인하는 고통스러운 과정, 즉 '자아의 껍질을 깨는 아픔'을 통해 우리는 성장하게 된다. 하여, '성장'은 '나'를 성찰하는 행위인 동시에 세상을 알아가는 과정이며, 가족(고향)의 울타리를 벗어나 사회에 편입되는 과정이기도 하다. 우리는 새로운 세계를 접할 때 자신이 가졌던 기대나 신념이 무너지는 경험을 한다. 삶은 이러한 깨짐의 연속이다. 이 알을 깨는 성장통을 겪으며 청소년들은 한 단계 성숙한다.

160
청소년을 위한 키워드로 이해하는 한국소설 50선

이 작품에서 화자의 성장은 자기만의 세계가 붕괴되는 과정을 통해 이루어진다. 소년에게 '침몰선'은 '영영 다시 바다로 나가지 못하게 된' 폐선이 아니라, '차오르는 밀물을 타고 금방이라도 닻을 올리고 떠나갈' 듯한 배로 인식된다. 소년의 마음속에서 침몰선은 늘 출항을 준비하고 있다. 이러한 화자의 생각은 외부 세계와의 접촉을 통해 서서히 붕괴된다. 마을에 흘러들어온 외부 사람들(피난민, 노동자 등) 혹은 마을을 떠났다가 돌아오는 청년들에 의해 침몰선에 대한 화자의 생각도 조금씩 바뀌기 시작한다. 이렇듯 성장은 자신만의 내면적 환상을 깨고 외부 세계를 인식해 가는 과정이다. 결정적인 계기는 진학을 위해 고향을 떠난 화자가 한 소녀를 만나고 나서 찾아온다. 화자는 소녀에게 침몰선(바다, 고향)에 대한 이야기를 해준다. 바다를 한 번도 구경한 적 없었던 소녀는 화자의 이야기에 매료된다. 소녀는 커다랗고 맑은 눈동자 속에 바다를 그리기 시작하고, 화자는 거기서 자신만의 바다를 발견한다. 소녀 또한 화자와 같이 자기만의 아름답고 신비로운 세계에 갇혀 있었던 셈이다. 고등학교 3학년 여름방학 소녀는 화자의 고향 마을을 방문한다. 그리고 바다를 구경한다. 하지만 바다는 소녀가 꿈꾸던 것처럼 푸르지 않았다. 침몰선 또한 먼 수평선 위의 꿈같은 모습이 아니었다. 자신이 꿈꾸던 환상의 세계가 붕괴되는 과정, 즉 꿈과 현실의 간극을 인식하며 소녀는 비로소 성장하게 된다. 이러한 '바다의 그림자'가 사라진 소녀의 '눈동자'를 통해 화자 또한 자신만의 환상으로부터 벗어나게 된다.

이렇듯 자아의 껍질을 깨는 아픔은 외부 세계를 구체적으로 인식해 가는 과정, 즉 세상의 이치를 깨닫는 과정을 동반한다. 이는 가정(고향)의 울타리를 벗어나 사회에 편입되는 과정이기도 하다. 특히, 「침몰선」에서 주목할 점은 서구의 성장소설과 달리 우리의 고유한 현실이 매개된 성장과정을 보여준다는 사실이다. 일반적 성장소설의 경우 내면세계와 외부 현실이 조화롭게 공존하던 유년의 안온함이 깨지는 과정을 통해 주인공은 새로운 인식의 주체로 거듭난다. 하지만 이 작품의 화자는 자기세계의 허위성을 깨닫고 있었음에도 불구하고 짐짓 그 사실을 외면하고 소녀와 자신에게 끊임없이 거짓말을 되풀이하고 있는 모습을 보여준다. 이는 성장을 거부하는 일종의 퇴행 현상이라 할 수 있는데, 그가 나아가야 할 외부 세계가 너무나 비참하고 충격적이기 때문이다. 이는 외부 세계를 무의식으로 거부하면서 유년의 세계에 머물고 싶은 욕망의 발현이라 할 수 있다.

그렇다고 바깥세상으로의 진입을 거부하고 영원히 유년의 세계에 머무를 수는 없는 노릇이다. '침몰선'을 닮은 황폐한 세대의 성장 이야기는 이렇듯 고통스럽고 서글프다.

절망적 현실을 견디는 한 방식

박민규의 「갑을고시원 체류기」는 IMF 구제금융 시대의 절박한 현실을 가벼움 / 무거움, 농담 / 진담, 디테일 / 비약 등의 경계를 오가며, 가볍고 경쾌하지만 찡한 여운의 무늬로 포착하고 있는 작품이다. 때는 1991년 봄. 아버지의 사업이 부도를 맞았다. 집은 사라지고 가족들은 뿔뿔이 흩어졌다. 한순간의 일이었다. 형의 퇴직금으로 여러모로 부끄러운 삼류 대학생이 된 스물의 화자는, 도서관의 양지바른 테이블 위에서 한 마리의 달팽이처럼 느리고 끈적하게 생활정보지의 곳곳을 기어 다닌다. 이러한 화자의 생활공간은 월 9만 원에 식사까지 제공하는 '갑을고시원'이다.

1센티미터 두께의 베니어로 나뉜 칸칸마다 사람들이 빼곡히 들어차 있는 갑을고시원 '밀실.' 여기에서는 상체와 하체를 동시에 움직이는 것이 거의 불가능하다. 다리를 뻗을 수 없으니 늘 어딘가가 뭉쳐 있는 느

163

낌이고, 몸은 점점 나무처럼 딱딱해져간다. 하지만 그 속에서 다들 소리를 죽여가며 방귀를 뀌고, 잠을 자고, 생각을 하고, 자위를 한다. 살아간다. 생각할수록 하나의 장관이다. 뭔가 통해 있고, 비릿하고, 술렁이는 느낌이다. 이러한 고시원 생활에서 화자는 '인간은 결국 혼자라는 사실과, 이 세상은 혼자만 사는 게 아니란 사실을 — 동시에' 느끼며 '갑자기 어른이 된' 기분에 젖어든다.

'세포막'처럼 얇은 벽을 사이에 둔 '소리'와의 전쟁 장면은 이 작품의 백미(白眉)다.

그때 어떤 거대한 기운이 뱃속에서 폭발하는 느낌이었다. 한순간의 일이었다. 그것은 분명 메탄이 아니라 LPG였고, 아무리 엉덩이를 잡아당긴다 해도 수습할 성질의 것이 아니었다. 더불어 진짜 큰 문제는 움직일 수가 없다는 점이었다. 움직이기만 해도 — 결코 온순한 열대어가 아닌, 한 마리의 백상어가 입을 벌린 채 튀어나올 것만 같았다.

술자리의 과식을 탓하며 나는 조심스레 엉덩이를 잡아당겼다. 최대한, 그리고 내가 할 수 있는 최선을 다해 화가 난 백상어를 달래고 또 달래었다. 결국 튀어나온 것은 한 마리의 참치였다. 그나마 성공이라고 생각했지만, 문제가 끝난 것은 아니었다. 뭐랄까, 백상어가 작아져서 참치가 된 것이 아니라 — 한 마리의 백상어가 여러 마리의 참치로 쪼

개진 느낌이었기 때문이다. 여러 마리의 참치는 결코 만만한 것이 아니었다.

옆방 '김검사'의 신경을 건드리지 않기 위해 노력하는 화자의 필사적인 행동은, 슬프면서도 한편으론 우스꽝스럽다. 방귀를 참으려는 모습이 눈물겹도록 생동감 넘치게 그려져 있다. 백상어, 참치, 열대어(여기에 메탄과 LPG의 이미지도 덧붙여진다)로 비유된 방귀의 무게와, 백상어와 참치를 오가며 수놓아진 절박한 심정은, 처절한 생존환경과 공명(共鳴)하며 강한 여운을 남긴다. 이러한 여운은 독자들을 간지럼 태우며, 웃음을 유발한다. 삶의 비애가 드리워진 웃음이다.

이 비애와 뒤섞인 유머 감각이야말로 「갑을고시원 체류기」가, '지금 여기'의 '거대한 밀실', 즉 인간이 누려야 할 당연한 가치가 삶의 목표가 되어가는 절망적 현실과 접속하는 지점이다. 2년 6개월의 고시원 생활 이후 화자는 졸업을 하고, 취직을 하고, 결혼을 한다. 셋 중 어떤 일을 떠올린다 해도 '운'이 좋게 '간신히, 안간힘'을 다해 할 수 있었다.

지금의 젊은 세대 또한 졸업, 취업, 결혼 등을 자신의 모든 것을 바쳐 성취해야 할 목표로 여긴다. 꿈꿀 권리는 사치가 되어버렸다. 그나마 더 이상 나빠지지 않으면 다행이다. 박민규의 소설은 도저히 정상적이라 할 수 없는 이러한 모순적 현실에 맞서 삶의 존엄을 되찾기 위해 고투하는 문학적 응전 방식의 하나다. 문장의 서술 규칙을 뒤

흔드는 경쾌한 진술 방식, 절망적 상황을 비틀며 조롱하는 듯한 발랄한 문체 등 기존의 서사 관습을 뒤집는 그만의 독창적 소설세계는, 앞으로 나아가지도 그렇다고 더 이상 물러설 수도 없는 이 땅의 젊은이들에게 '그럼에도 불구하고 자기만의 방식으로 즐겨라!'라는 메시지를 던지고 있는 듯하다. 박민규는 「갑을고시원 체류기」를 통해 절망적 현실을 즐겁게(?) 견디는 한 방식을 몸소 보여주고 있다.

33 박완서의 「부끄러움을 가르칩니다」

'부끄러움'을 찾아서

인간이면 누구나 가면을 쓰고 살아간다. 스스로에게 가면이 몇 개인지 질문해 보자. 부모님을 만날 때, 선생님을 만날 때, 이성 친구를 만날 때, 아니면 좋아하는 사람을 만날 때, 싫어하는 사람을 만날 때 등등⋯⋯.

우리는 그때그때마다 상황에 맞는 가면을 꺼내 쓴다. 그렇다면 진짜 자신의 모습은? 헷갈린다. 우리는 가면을 벗은 '맨 얼굴'을 접할 기회가 점점 줄어드는 사회에 살고 있다. 정체성의 혼란, 자아의 분열, 인간 소외 등의 현상은, 이 가면과 '맨 얼굴'의 간극에서 발생한다.

박완서의 「부끄러움을 가르칩니다」는 가면과 '맨 얼굴' 사이의 간극을 '부끄러움'을 매개로 포착하고 있는 작품이다. 이 작품은 학창시절 부끄러움을 잘 타던 화자가, 전쟁과 피난으로 이어지는 현실의 암담함 속에서 부끄러움을 잠시 잊고 살아가다가 이를 다시 발견한다는 내용을 담고 있다.

그렇다면 화자에게 '부끄러움'은 어떤 의미를 지니는가? 부끄러움은 '생각' 이전에 얼굴부터 빨개지는 그 무엇이다. 몸으로 느껴지는 진솔한 감정인 셈이다. 나아가 부끄러움은 자신의 위장된 가면, 즉 '남들에겐 공부 안 하는 척하느라 학교에선 소설책만 읽다가 집에선 밤새 꼬박 새워 공부했던' 그 '흉물스러움'과 자신이 쓴 작문이 '어디서 훔쳐 온 것'이라는 뼈아픈 자각에 대한 성찰을 담고 있는 것이다. 자신의 '맨 얼굴'을 들여다보는 도구인 셈이다.

이러한 '부끄러움에 대한 병적인 감수성'은 한국 전쟁과 피난 등 생존을 위한 처절한 투쟁 속에서 의식의 배면으로 가라앉는다. '제 딸을 양갈보짓 시키지 못해 눈이 뒤집힌 여자를 어머니로 가진 여자, 그 가슴의 징그러운 젖을 빨고 자란 여자가 어떻게 감히 부끄럽다는 사치스러운 감정을 간직할 수 있을 것인가.' '발작적'인 울음을 터뜨리며 '가슴을 풀어헤치고 맨살을 드러'낸 어머니의 모습 속에서 '부끄러움을 타는 여린 감수성'은 '영영 두터운 딱지' 속에 갇히고 만다.

이후 화자는 세 번의 결혼을 거치며 '부끄러움'을 잊고 살아간다. 그러던 중 옛 동창의 연락을 받고 그들을 만나러 나간다. 이야기 도중 '여전히 젊고 이쁘고 부끄럼 잘 타'는 친구 경희가 화제에 오른다. 화자는 '부끄럼 타는 경희'를 만나고 싶어 한다. '그 사라져 가는 표정을 봐둘 마지막 기회'라도 되는 듯이 초초해하기까지 한다. 세속적 욕망이 지배하는 현실 속에서도 이러한 '부끄러움'에 대한 기억은 되살아나기 마련이다.

화자가 세 번 결혼했다는 동창의 말을 듣고 경희는 '정숙한 여자가 못 들을 망측한 소리를 들었다는 듯이 얼굴을 곱게 붉히더니 "계집애 두" 하며 손을 입에 대고 웃었다.' 화자가 보기에 '덧니가 부끄러워 비롯된' 그녀의 '웃는 버릇'은 '덧니의 매력까지를 계산'한 '세련된 포즈일 뿐이다.' '아름다운 포즈'였지만 '부끄러움'은 아니었다. '부끄러움의 알맹이는 퇴화하고 겉껍질만이 포즈로 잔존하고 있을 뿐이었다.' 가면(포즈)이 '자연스러운 감정(맨 얼굴)'을 집어삼킨 경우이다. 우리는 이러한 '포즈들의 홍수' 속에 살고 있다.

「부끄러움을 가르칩니다」는 '일본인 관광객'을 인솔하는 '안내원 여자'의 말을 통해, 포즈(가면) 뒤의 진짜 모습(부끄러움)을 되찾는 화자의 내면을 제시하는 것으로 마무리된다.

　　어느 촌구석에서 왔는지 야박스럽고, 경망스럽고, 교활하고, 게다가 촌티까지 더덕더덕 나는 일본인들에 비하면 우리 나라 안내원 여자는 너무 멋쟁이라 개발의 편자처럼 민망해 보였다. 그녀는 멋쟁이일 뿐 아니라 경제 제일주의의 나라의 외화 획득의 역군답게 다부지고 발랄하고 긍지에 차 보였다.

'경제 제일주의 나라의 외화 획득의 역군'인 '멋쟁이' 안내원 여자는 일본인 관광객들에게 '아노 미나사바, 고찌라 아다리까라 스리니 고주 이나사이마세(저 여러분, 이 근처부터 소매치기에 주의하십시오)'라고 속삭이듯 말한다. 순간 물질적 가치에 전도된 형식적 근대화의 허상과 그로 인한 정신적 공백의 허무감이 밀려온다. 외양(포즈)에 치중하느라 잊고 살아온 내면의 소중함(부끄러움)이 고통스럽게 되살아난다. 화자는 이 부끄러움의 통증을 기꺼이 감수하며, 자랑스러움마저 느낀다. 화자는 명문대학의 입시 준비에 여념이 없는 '각종 학원의 아크릴 간판의 밀림' 사이에 '부끄러움을 가르칩니다'라는 깃발을 휘날리고 싶다는 생각을 한다. '모처럼 돌아온' '부끄러움'이 '나만의 것'이어서는 안 될 것 같았기 때문이다.

누구도 속물적인 욕망에서 자유롭지 못하다. 이 욕망을 어떻게 가꾸고 실현하는가가 중요하다. 박완서는 '부끄러움'(인간다움의 정신적 가치)을 나누는 행위를 통해 우리 사회가 보다 건강해질 수 있다고 말한다.

34 서정인의 「강」

'되찾을 수 없는 것'에 대한 그리움

서정인의 「강」은 소외된 일상의 풍경을 서정적 문체로 보듬는 단편 소설 미학의 진수를 보여준다. 작가는 꿈을 상실하고 초라한 현실을 견디며 살아갈 수밖에 없는 소시민의 삶을 개성적인 문체로 길어 올린다. 이 작품에서 '강'은 장삼이사(張三李四, 평범한 사람들)의 삶을 상징한다. 작가는 산골에서 시작하여 험한 여울을 지나 바다에 도달하는 우리네 인생을 '강'이라는 상징으로 포착했다. '강'은 "하나의 천재가 열등생으로 변모해 가는 과정"과 포개지며, 자연의 순수한 이미지를 벗는다.

작가는 혼인집에 가는 세 사내와 우연히 만난 한 여자가 엮어내는 에피소드를 담담하게 서술한다. 전직 교사 박 씨, 세무서 주사 이 씨, 늙은 대학생 김 씨는 버스 안에서 알게 된 여자와 같은 곳에서 내린다. 밤늦게 혼인집을 다녀온 세 남자는 거나하게 취한다. 박 씨와 이 씨는

171

낮에 만났던 여인의 술집으로 가고, 김 씨는 혼자 여인숙에 남는다. 침구를 가지고 방에 들어온 소년은 반장이라는 명찰을 가슴에 달고 있다. 아이는 학교에서 일등을 했다고 자랑한다. 김 씨는 소년의 이야기에서 자신의 과거와 아이의 미래를 포갠다. 그 모습은 소설의 다음 부분에서 확인할 수 있다.

"일등을 했다구? 좋은 일이다. 열심히 공부해라. 기회는 얼마든지 있다. 미국, 영국, 불란서 어디든지 갈 수 있다. 내 돈 한 푼 안 들이고 나랏돈이나 남의 돈으로 얼마든지 공부할 수 있다. 돈 없는 건 걱정할 필요가 없다. 흔한 것이 장학금이다. 머리와 노력만 있으면 된다. 부지런히 공부해라, 부지런히. 자신을 가지고."

그러나 그의 말을 듣고 있는 사람은 아무도 없다. 또 알아들을 수도 없다. 그는 입을 다물고 흥얼거렸다. 그 말이 끝나자 그의 머릿속에는 몽롱한 가운데에 하나의 천재가 열등생으로 변모해 가는 과정들이 하나씩 떠오른다. 너는 아마도 너희 학교의 천재일 테지. 중학교에 가선 수재가 되고, 고등학교에 가선 우등생이 된다. 대학에 가선 보통이다가 차츰 열등생이 되어서 세상으로 나온다. 결국 이 열등생이 되기 위해서 꾸준히 고생해 온 셈이다. 차라리 천재이었을 때 삼십 리 산골짝으로 들어가서 땔나무꾼이 되었던 것이 훨씬 더 나았다. 천재라고 하는 화려한 단어가 결국 촌놈들의 무식한 소견에서 나온 허사였음이

청소년을 위한 키워드로 이해하는 한국소설 50선

드러나는 것을 보는 것은 결코 즐거운 일이 못 된다. 그들은 천재가 가난과 끈질긴 싸움을 하다가 어느 날 문득 열등생이 되어 버린다는 사실을 몰랐다. 누구나가 다 템스 강에 불을 쳐지를 수야 없는 일이다. 허옇게 색이 바랜 짧은 바지를 입고 읍내까지 몇십 리를 걸어서 통학하는 중학생. 많은 동정과 약간의 찬탄. 이모 집이나 고모 집이 아니면 삼촌이나 사촌네 집을 전전하면서 고픈 배를 졸라매고 낡고 무거운 구식의 커다란 가죽 가방을 옆구리에다 끼고 다가오는 학기의 등록금을 골똘히 생각하며 밤늦게 도서관으로부터 돌아오는 핏기 없는 대학생. 그러다 보면 천재는 간 곳이 없고, 비굴하고 피곤하고 오만한 낙오자가 남는다. 그는 출세할 일이라면 무엇이든지 할 준비가 되어 있다. 어떠한 것도 주임 교수의 인정을 받는 일보다 더 중요하지 않다. 외국에 가는 기회는 단 하나도 그의 시도를 받지 않고 지나치는 법이 없다. 따라서 그가 성공할 확률은 대단히 높다. 많은 것들 중에서 어느 하나만 적중하면 된다. 그런데 문제는 적중하느냐 않느냐가 아니라 적중하건 안 하건 간에 아무런 차이가 없다는 데에 있다. 적중하건 안 하건 간에 그는 그가 처음 출발할 때에 도달하게 되리라고 생각했던 곳으로부터 사뭇 멀리 떨어져 있는 곳에 와 있음을 깨닫는다. 아 – 되찾을 수 없는 것의 상실임이여!

동네의 천재였던 아이가 "가난과 끈질긴 싸움을 하다가" 어느 날 문득 "비굴하고 피곤하고 오만한 낙오자"로 전락하는 과정이 오롯이 재생된다. 성장 일변도의 산업화 시대, 농촌에서 도시로 몰려든 '천재' 내지 '수재'들은 무한 경쟁이라는 자본의 논리에 적응하지 못하고 인생의 열등생으로 전락한다. 이러한 인생의 여정은 입시 위주의 교육이 지배하는 오늘날까지 변함없이 이어진다.

인간은 누구나 "처음 출발할 때에 도달하게 되리라고 생각했던 곳으로부터 사뭇 멀리 떨어져 있는" 자신을 발견하곤 한다. 인생은 어린 시절 가졌던 꿈을 하나씩 실현해 가는 과정이기도 하지만, 그 꿈을 조금씩 버려가는 여정이기도 하다. 대부분의 사람들은 슬프지만 후자의 과정을 밟아간다. 서정인은 이러한 소시민의 비극적 삶을 '소리 없이' 내려 '소복소복' 쌓이는 눈의 이미지로 감싸고 있다.

"아, 신부는 좋겠네. 첫날밤에 눈이 쌓이면 부자가 된다는데, 복두 많지."

그녀는 두 눈을 껌벅인다. 수많은 눈송이들이 눈앞에서 명멸한다. 그녀는 신부의 얼굴을 모른다. 그러나 모든 신부들은 똑같은 하나의 얼굴을 가지고 있을 것 같다. 그것은 행복, 기대, 불안. 또는 그 전부……. 그녀는 고개를 떨어뜨린다. 무릎은 굽히지 않고 다리를 쭉 편 채 신발을 질질 끌어서 쌓인 눈 위에 두 갈래 길을 낸다. 그녀는 그렇게 마당을 빙빙 돈다. 눈송이가 금세 금세 머리 위에 얹힌다.

박 씨와 이 씨의 음흉한 손길로부터 잠시 벗어난 여인은 솜같이 떨어지는 눈송이들을 보고 얼굴도 모르는 신부를 떠올린다. 신부들의 "행복, 기대, 불안. 또는 그 전부"를 상상해 보는 이 여인의 마음에는 눈과 같이 투명했던 소녀 시절의 꿈이 녹아 있을 것이다. 이 꿈은 늙은 대학생 김 씨가 소년 시절에 품었던 그것과 다르지 않다. 이 "되찾을 수 없는" 꿈과 꿈이 만나 아름다운 장면을 연출한다. 여인은 희미한 불 밑에 웅크리고 새우처럼 등을 굽히고 옆으로 누워 곤히 자고 있는 늙은 대학생을 앞에 두고, "누나가 되고 어머니"가 된다. 이윽고 그녀는 대학생을 요 위에 눕히고 이불을 끌어다가 덮어준다.

이 따뜻한 장면에 붙는 그 어떤 설명도 사족(蛇足)에 불과하다. 이 장면에서는 말 그대로 따뜻함만 느낄 수 있으면 된다. 비록 이들이 품었던 순정한 꿈의 흔적이 냉혹한 현실에 의해 조금씩 퇴색되고 있다 해도, 이 장면은 우리 문학사에 소복소복 쌓이는 눈처럼 하얗게 기억될 것이다. 조금씩 색이 바래는 "되찾을 수 없는 것"에 대한 그리움이야말로 지긋지긋한 일상을 견디게 해주는 동력이라고, 「강」은 우리에게 넌지시 속삭인다. 이처럼 문학은 꿈에 대한 그리움을 자양분으로 소외된 삶을 껴안는 동시에 꿈을 강탈한 부정적 현실을 질타한다.

여성적 성장의 지난함

오정희의 「중국인 거리」는 전후의 황량하고 피폐한 삶을 어린 여성 화자의 시선으로 포착한 대표적인 여성소설이다. 아버지를 따라 이주한 항구도시 외곽의 '중국인 거리'가 작품의 무대이다. 전쟁의 상흔이 새겨진 건물, 중국인들이 거주하는 이방인 거리, 미군부대 주변의 기지촌 등이 전후의 암울한 현실을 표상하고 있다. 오정희는 전쟁과 근대화로 대변되는 남성중심 사회의 폭력성과 이로 인해 고통 받는 여성적 삶의 정체성을 끈질기게 탐색한 작가의 하나이다. '해인초 냄새'와 어우러진 노란빛의 환각적 이미지, 담담하고 차가운 어조와 대비되는 감각적이고 섬세한 문체, 불안과 두려움이 뒤엉킨 복잡한 내면 묘사 등은 여성 특유의 정체성을 포착하는 데 기여하고 있다. '지금 여기'의 여성들이 남성 중심의 사회 질서에 짓눌려 신음하고 있다면 「중국인 거리」가 던지는 문제의식은 여전히 진행형이다.

먼저 화자의 눈에 비친 여성들의 삶을 따라가보자. 어머니는 임신과 출산을 반복하는 재생산의 도구로 그려진다. 화자는 여덟 번째 아이를 임신하고 입덧을 하는 어머니의 모습을 보고 '여자의 동물적인 삶'에 대해 연민의 감정을 느낀다. 동시에 이러한 삶에 대한 환멸감, 즉 자신이 '의붓자식'이기를, 그래서 여성적 삶(어머니의 삶)에서 벗어날 수 있기를 갈망한다. 심지어 어머니가 아이를 낳다가 죽게 될 것이라 생각한다.

이에 반해 할머니는 한 번도 아이를 낳아보지 못한 여성이다. 그녀의 남편은 결혼한 지 석 달 만에 할머니의 여동생을 취했다. 여동생에게 남편을 빼앗긴 할머니는 조카딸(화자의 엄마)에 의탁하여 살고 있다. 병이 들어 대소변을 받아내야 될 지경에 이르러서야 자신의 여동생과 살고 있는 남편의 곁으로 간다. 화자는 할머니의 유품을 정성스레 묻어주며 그녀의 한 많은 생을 위무한다. 할머니 또한 남성중심 사회의 희생양인 셈이다.

그렇다면 미군에게 몸을 파는 '양공주', '매기 언니'는 어떠한가? 그녀는 성적 착취의 대상이다. 매기 언니는 술 취한 미군에게 처참히 살해된다. 국제결혼을 통해 미국에 가려던 그녀의 꿈은 산산조각이 나고, 딸 '제니'는 결국 고아원에 버려진다.

이렇듯 화자에게 비친 전후 여성의 삶은 절망적이고 암울하다. 그녀는 이러한 여성적 삶을 거부하고 싶지만 그럴 수 없다. 다만, 그녀를 반복하여 응시하는 중국인 남자의 시선이 한 줄기 희미한 빛이다.

나는 깜깜하게 엎드린 바다를 보았다. 동지나해로부터 밤새워 불어오는 바람, 바람에 실린 해조류의 냄새를 깊이 들이마셨다. 그리고 중국인 거리, 언덕 위 이층집의 덧문이 열리며 쏟아져 나와 장방형으로 내려앉는 불빛과 드러나는 창백한 얼굴을 보았다. 차가운 공기 속에 연한 봄의 숨결이 숨어 있었다.

나는 따스한 피 속에서 돋아 오르는 순(筍)을, 참을 수 없는 근지러움으로 감지했다.

인용 대목은 이 작품에서 거의 유일하게 생명력을 느낄 수 있는 장면이다. 화자는 중국인 남자의 창백한 얼굴을 통해 '연한 봄의 숨결', 나아가 '따스한 피 속에 돋아 오르는' 생명의 '순(筍)'을 감지한다. 화자를 주시하는 중국인 남자는 낯선 세계에 살고 있는 이방인이다. 절망적인 현실 너머, 미지의 세계에 대한 불안과 호기심은 '참을 수 없는 근지러움'으로 표상된다. 이렇듯 화자에게 중국인 남자는 그녀를 옭죄고 있는 여성적 삶의 굴레 너머의 세계를 암시한다. 화자의 내면에는 사랑이라고 하기엔 조심스러운 그 어떤 미묘한 감정이 싹튼다. 하지만 이러한 감정을 감당하기에 그녀는 너무 어리다. 그녀에게 인생은 '알

수 없는 복잡하고 분명치 않은 색채로 뒤범벅된 혼란에 가득 찬 어제와 오늘과 수없이 다가올 내일들'의 연속일 따름이다. 화자는 집에 돌아와 남자가 선물한 '중국인들이 명절 때 먹는 세 가지 색의 물감을 들인 빵과, 용이 장식된 엄지손가락만 한 등'을 자신의 '빈 항아리' 속에 넣어 소중히 보관한다.

어머니는 여덟 번째 아이를 밀어내느라 산고(産苦)의 비명을 지른다. 화자는 몰래 벽장 속으로 숨어들어 죽음과도 같은 낮잠에 빠져든다. 잠에서 깬 화자는 '이해할 수 없는 절망감과 막막함'에 휩싸여 어머니를 부른다. '초조(初潮)'였다. 여성에게 생리는 생명을 잉태할 수 있는 가능성이자 그 가능성이 무산되었기 때문에 나타나는 현상이다. 이를 통해 화자는 비로소 여성으로 성장한다. 이렇듯 화자의 성장은 거부하고 싶지만 거부할 수 없는 여성으로서의 숙명을 받아들이는 과정을 통해 이루어진다. 「중국인 거리」는 이러한 여성적 성장의 지난함을 섬세하게 그려낸 작품이다.

36 송기원의 「아름다운 얼굴」

자기혐오, 아름다움을 살찌우는 자양분

여기, '건달패이자 노름꾼인 아버지와 장돌뱅이 어머니' 사이에서 '사생아'로 태어나 극심한 자기혐오증에 시달리는 사춘기 소년이 있다. 소년은 '흐린 삼십 촉짜리 전등 아래서 자신의 얼굴이 들어 있는 모든 사진'을 날카로운 '면도날'로 도려내고 있다. 작가는 이러한 소년의 '자기혐오' 행위를 '아름다움'을 살찌우는 자양분이라 말하고 있다.

내 낡은 사진첩에는 태어나서부터 중학교를 졸업할 무렵까지의 사진이라고는 거의 없다. 고작 남아 있는 것이라고는 국민학교와 중학교의 졸업기념 사진뿐인데, 거기에서도 내 얼굴은 찾아낼 수가 없다. '6학년 2반 졸업기념'이라는 글이 들어 있는 국민학교 졸업사진에는, 시골 학교답게 낮은 지붕의 교사와 드높은 하늘을 배경으로 예순 명 남짓한 아이들이 저마다 들뜬 표정을 감추지 못하고 있다. 그렇게 들뜬 표정들 가운데 단 한 군데만이 날카로운 면도날 자국을 남긴 채 지워져 있다. 면도날 자국이 바로 내 얼굴인 셈이다. 중학교의 졸업 사진에도 내 얼굴은 면도날 자국으로만 남아 있다.

삼십 년이 훨씬 지나버린 지금까지도 예의 사진을 대하면 나는 얼핏 자신의 얼굴을 스쳐 지나가는 면도날을 느낀다. 그러면 나는 어쩔 수 없이 흐린 삼십 촉짜리 전등 아래서 자신의 얼굴이 들어 있는 모든 사진을 찢고 있는 사춘기 무렵의 소년을 떠올린다. 그 소년의 떨리는 손이 마침내 '6학년 2반 졸업기념'을 집어올리고, 차마 해맑게 웃는 동무들의 모습은 찢을 수가 없어서 자신의 얼굴만 지운 채 남겨두는 여린 마음까지 되살아오면, 나는 이번에는 얼굴이 아니라 바로 가슴살을 가르며 지나가는 면도날을 느낀다.

이제 막 풋물이 오르는 사춘기의 소년에게 자신의 얼굴에 면도날까지 대게 한 것은 무엇이었을까. 혹시 그것이 바로 아름다움은 아니었을까.

작가에 의하면 사춘기란 이른 봄 같은 것인지도 모른다. 무언가 막 시작되려는 자신의 인생에 대한 예감은 가득한데, 실체는 어느 하나 손에 잡히지 않는다. 예감은 견딜 수 없는 갈증으로 변하고, 이제 막 시작되려는 장밋빛 인생 대신에 자신에게 주어진 구질구질한 일상만

이 매서운 바람과 칼날 같은 추위가 되어 여린 살을 찢는다. 가난과 증오로 얼룩진 비참한 환경에서 벗어나는 방법을 알지 못한 소년이 할 수 있는 일이라고는, 내면의 치명적인 상처를 응시하며, 자신의 운명을 증오하고, 면도칼로 자신의 얼굴을 지우는 식의 '자기혐오'뿐이다. 하지만 '사춘기의 어린 나이에 벌써 자신의 삶'을 되돌아보고, 돌이킬 수 없는 운명의 조건에 맞서는 방법으로 선택한 '자기혐오'야말로, 자아의 껍질을 깨는 아픔을 통해 되살아나는 아름다움의 정수(精髓)가 아닐까.

이 작품에 드러난 '자기혐오' 행위의 의미를 조금 더 들여다보자. 작가는 소년이 '엉뚱하게도' '자신의 얼굴'보다는 '타인의 얼굴'을 먼저 돌아다 본 것은 아니었는지 곱씹어본다. 소년도 미처 깨닫지 못한 사이에 '작고 날카로운 눈매의 사내'(아버지)는 소년의 삶 속에 깊숙이 자리 잡고서, 소년에게는 돌이킬 수 없는 어떤 조건이 되어버렸을 수도 있기 때문이다. 하여, 소년이 면도날로 지운 것은 어쩌면 자신의 얼굴이 아니라 바로 사내의 얼굴이었는지 모른다. 막연하지만 소년은 자신의 얼굴에서 사내의 얼굴이 지워지지 않는 한, 자신의 얼굴은 영원히 사내의 얼굴에 가려지고 말 뿐이라는 사실을 깨달았는지 모른다. 소년은 사내의 얼굴에 가려진 자신의 얼굴(운명)을 보기 위해 사진을 지운 셈이다. 따라서 사진을 도려내는 행위(자기혐오)는 자신의 '맨얼굴'을 보기 위한 전제, 즉 진정한 자아를 발견하기 위한 통과제의(通過祭儀)가 된다. 이렇듯, 숨기고 싶은 자기의 치부(사생아이자 장돌뱅이인 출신성분)를 피하지 않고 고통스럽게 응시하는 행위야말로 새로운 자아를 찾아나서는 아름다운 모습이 아닐까? 송기원에게 문학은 '자기혐오'와 '아름다움'을 매개해 주는 역할을 한다. 문학작품 속의 이야기는 '저 어둡고 끈적이는' '자기혐오'의 '늪에 빠져 헐떡이는' 화자에게 세상을 향해 나아가는 탈출구를 제시해 준다. 화자보다도 더 형편없는 '개차반 인생'이 소설의 소재가 되고, '그런 이야기'로 '작가'가 될 수 있으며, 그리하여 당당하게 세상에 끼어들 수 있다는 점을 깨닫게 된 것이다.

이 지점에서 문학은 사회에서 소외받는 자들의 삶을 끌어안는 위안의 도구가 되며, 나아가 그 소외의 고통을 회피하지 않고 솔직한 자세로 받아들인다면 독자들에게 큰 감동을 주는 문학이 될 수 있다. 여기에서 '자기혐오'는 '아름다움'으로 승화된다. 이를 통해 스스로는 물론, '작고 날카로운 눈매의 사내'(아버지)를 포함한 그가 '상처 입힌 모든 이들'의 얼굴이 '아름다운 얼굴'로 되살아난다.

치명적인 콤플렉스에 아름다움의 실루엣을 투사하는 송기원 문학의 진경은, 이렇듯 상처받은 자들의 삶을 정직하게 끌어안는 도발적인 시선에서 비롯된다.

성장의 열매

삶의 여정은 '봄(탄생) → 여름(성장) → 가을(성숙) → 겨울(죽음)'로 이어지는 계절의 순환에 비유되곤 한다. 여기에서 여름은 유년기 혹은 청소년기에 해당한다. 뜨거운 태양과 푸르른 신록으로 표상되는 여름은 무한한 가능성을 품고 미지의 세계로 모험을 떠나는, 짧고 강렬한 젊음의 시기를 상징한다.

박완서의 「배반의 여름」은 이 청춘의 계절을 배경으로 삼아 '성장 과정에 있는 주인공의 정신적 번민과 그 해소 과정'을 그린 소설이다. 성장소설은 성장기의 주인공이 자아에 눈뜨면서 자기를 둘러싼 외부 세계와 대립하고 갈등하는 가운데 정신적으로 한 단계 승화되는 과정에 의미를 부여하는 소설이다. 흔히 교양소설(敎養小說)이라고도 한다. 현기영의 『지상에 숟가락 하나』, 이문열의 『젊은 날의 초상』, 위기철의 『아홉 살 인생』, 공지영의 『봉순이 언니』, 황석영의 『개밥 바라기별』, 은희경의『새의 선물』등이 대표적 성장소설에 속한다.

작품의 제목「배반의 여름」에서 '배반'은 유년기에 형성된 미숙한 내면세계가 외부 현실과 부딪치면서 새롭게 거듭나는 계기를 상징한다. 삶을 구성하는 두 요소인 외부 현실과 내면세계 사이의 간극을 확인하는 고통스러운 과정, 즉 '자아의 껍질을 깨는 아픔'(배반)을 통해 우리는 성장하게 된다. 하여, '성장'은 '나'를 성찰하는 행위인 동시에 세상을 알아가는 과정이며, 가족의 울타리를 벗어나 사회에 편입되는 과정이기도 하다. 우리는 새로운 사실을 경험할 때 자신이 가졌던 기대나 신념이 무너지는 경험을 한다. 삶은 늘 우리를 '배반'한다. 이러한 '배반'의 늪에서 성장통을 겪으며 청소년들은 한 단계 성숙한다.

정신분석학에서 말하는 성장은 내면에 억압되어 있는 감정(죄의식) 극복하기, 가족의 울타리를 벗어나 사회의 일원으로 거듭나기, 마음속의 우상(偶像)을 극복하고 타인과 어울려 사는 법 터득하기 등의 과정으로 이루어진다.

「배반의 여름」에서는 화자가 성장하게 되는 과정을 세 가지 일화를 통해 제시하고 있다. 첫째, 누이동생의 죽음으로 인해 내면 깊숙이 잠재된 죄의식 벗어나기(물에 대한 공포 극복하기), 둘째, 가족의 울타리를 넘어 사회의 냉혹함 터득하기(이상화된 아버지의 이미지 넘어서기), 셋째, 자기 안에서 고독하게 '늠름함'을 키우는 것(전구라 선생에 대한 우상화 벗어나기) 등이 그것이다.

이러한 화자의 성장 과정은 '내면 → 가족 / 사회 → 내면'의 궤적을 그리고 있는데, 좁은 자의식의 울타리를 벗어나 보다 큰 세상과 접촉하며 스스로의 내면을 단련하는 과정으로 전개된다. 화자는 자신의 바깥에서 찾던 '늠름함'을 스스로의 내부에서, '고되고도 고독한 작업'을 통해 키워야 한다는 사실을 깨닫게 되면서 비로소 '자율적 인간'으로 발돋움하게 된다.

고통스럽고 힘든 일에 직면했을 때 마음의 문을 닫고 이를 회피·부정하려는 모습을 취하는 것이 인지상정(人之常情)이다. 하지만 '성장'의 열매는 고통스러운 현실을 '직면'하고 '배반'하는 과정에서 싹이 튼다.

「배반의 여름」에서 화자는 '한꺼번에 여러 개의 질자배기가 깨지는 것 같은' 아버지의 '웃음소리'를 통해 현실과 직면하게 된다.

아버지가 나를 풀 속으로 팽개쳤을 때 허위적대다 바닥을 딛기까지는 순식간이었고, 아버지가 자신의 우상을 스스로 깨뜨리고 나를 자동문 밖으로 팽개쳤을 때 허위적대다가 설 자리를 찾기까지는 꽤 오랜 시간이 걸렸었다.

그러나 지금의 이 허위적거림에서 설 자리를 찾고 바로 서기까지는 좀 더 오랜 시일이 걸릴 것 같다. 어쩌면 내가 외부에서 찾던 진정한 늠름함, 진정한 남아다움을 앞으론 내 내부에서 키우지 않는 한 그건 영원히 불가능한 채 다만 허위적거림만이 있는지도 모르겠다.

　내 홀로 늠름해지기란, 아, 아 그건 얼마나 고되고도 고독한 작업이
될 것인가.

　나는 고독했다. 아버지의 낄낄낄이 내 고독을 더욱 모질게 채찍질
했다.

　아버지는 화자를 '풀' 속에 팽개침으로써 물에 대한 두려움(누이동생
의 죽음에 대한 죄의식)과 맞서게 하고, '수위'로 근무하는 '어릿광대'의
모습을 아들에게 보여줌으로써 '자신의 우상'을 스스로 깨뜨렸으며,
'김구라' 선생의 거짓과 위선을 고발함으로써 화자가 자기 안에서 '우
상(偶像)'을 키울 수 있도록 돕는다.

　장 폴 사르트르의 '우리는 다른 사람들이 만들어준 우리의 모습을
근본적으로 또 정신적으로 거부함으로써만 우리 자신이 될 수 있다'는
말을 곱씹어본다. 우리는 '외부에서 찾던 진정한 늠름함'을 스스로의
'내부에서 키우지 않는 한' 영원히 미숙아의 그림자를 벗어버리지 못할
지도 모른다. '누구에게도, 어디에도 의지할 데'가 없다는 '고독', '바로
그 지점'부터 인간은 '독립된 개인'으로 살아가기 시작한다. '연방 사례
가 들리면서 새로운 낄낄낄'을 불러일으키는 아버지의 '격렬하고 고통
스러운 웃음'이 화자, 나아가 우리의 '고독'을 '모질게 채찍질'하는 지점
은 바로 여기이다.

존재의 뿌리를 찾아서

윤대녕의 「은어 낚시 통신」을 다시 읽는 느낌이 묘하다. 작품을 처음 접했을 때의 신선한 충격이 아직도 생생하다. 어느덧 우리 소설의 고전(?)이 되어버린 이 작품을 어떻게 이해해야 할까? 발표되었을 시기와 '지금 여기' 사이에 가로놓인 이십여 년의 시간적 간극을 어떻게 바라보아야 할까?

우선, '바다로부터 돌아와' '강물을 거슬러' 오르는 '은어들' 혹은 '존재의 시원'으로 '회귀'를 꿈꾸는 이 작품의 등장인물들처럼, 1990년대 초반의 문학 현실, 아니 우리 근현대문학의 출발점으로 거슬러 올라가야 할 듯하다.

우리의 문학은 파행적인 근현대사와 밀접한 연관을 지니며 전개되어 왔다. 개화기, 일제강점기, 해방과 전쟁 그리고 분단으로 이어지는 급변의 현대사는 한국문학에 뚜렷한 자국을 남겼다. 몇몇 예외적인 경우를 제외한다면, 우리에게 알려진 뛰어난 작품들은 불우한 시대현실과 대결하면서 보다 나은 삶을 향한 공동체적 비전을 추구해 왔다. 조국의 독립을 염원한 일제 강점기의 문학, 전쟁과 분단의 상처를 극복하고자 한 분단 문학, 양극화된 사회 구조로 인해 고통 받는 서민들의 삶을 보듬고 있는 산업화 시대의 문학 등을 떠올려보라!

이러한 문학의 성격은 1990년을 전후로 커다란 변모를 겪는다. 1980년대 후반 소련을 중심으로 한 국가사회주의의 붕괴는 한반도에 큰 파장을 일으켰다. 전 지구의 자본주의화는 그간 우리 문학을 주도했던 사회·역사적 상상력을 밀어내고, 개인의 내밀한 욕망을 주된 탐색의 대상으로 삼게 만들었다. 인간의 존엄을 회복하기 위한 투쟁에서 존재의 내면을 응시하는 방향으로 문학의 초점이 이동하였다. 이를 욕망의 부활로 지칭할 수 있을 터인데, 역사(공동체 / 우리)에서 일상(개인 / 나)으로 문학적 관심이 이동한 것이다. 인간답게 살기 위해, 혹은 최소한의 생존을 유지하기 위해 사회적 불평등의 조건과 팽팽한 긴장을 유지했던 윤리 지향의 문학이, 어느덧 스스로의 내면(욕망 / 뿌리 / 기원)을 되돌아보는, 즉 '존재의 시원'을 탐구하는 문학으로 몸을 바꾼 것이다.

'인간은 물고기다. 은어다'라는 명제로 대변되는 이러한 내면 지향의 문학은 만물의 영장으로 군림해 온 인간의 존엄을 무참하게 짓밟는다. 이성을 통해 문명의 창조자이자 자연의 지배자로 군림해 온 인간의 오만함을 정면에서 비판하는 선언이기 때문이다. 존재의 기원으로 회귀했을 때, 이성이니 윤리니 도덕이니 하는 인간의 존엄성을 지탱하던 주춧돌이 자연스럽게 붕괴된다. 자신이 태어난 곳으로 회귀하는 은어의 속성을 통해 인간은 스스로의 정체성을 되돌아보는 소중한 기회를 얻게 된 것이다. '나는 왜 사는가?', '내 삶의 의미는 무엇인가?', '내가 진정으로 원하는 삶은 어떤 것인가?' 등 인생의 근원적인 문제와 마주칠 때 우리는 존재의 뿌리로 회귀할 수밖에 없다.

윤대녕의 「은어 낚시 통신」은 이러한 1990년대 이후의 새로운 문학 현실을 보여주는 대표적인 작품의 하나이다. 시원의 공간은, 이를테면 생명이 만들어지는 어머니의 자궁과 같은 장소이다. 자아와 타자 사이의 구분이 없는 동질감(일체감)의 세계다. 그러나 세상에 첫발을 내디딘 이후, 우리는 결코 어머니의 자궁으로 되돌아갈 수 없다. 다만, 메타포(비유 / 상징)를 통해 그 세계를 간접적으로 드러낼 수 있을 따름이다. 이를테면 다음과 같은 장면을 예로 들 수 있다.

"그게 사실이라면 우린 정말 근사한 인연을 갖고 있는 사람들이네요."

그 말을 듣고 있자니 불현듯 애달프고 그리운 생각들이 몰려왔다. 나는 바닷길을 함께 회유하고 있는 그녀와 내 모습을 상상하고 있었다. 그녀 또한 그 같은 생각을 하고 있었을 터였다. 눈이 마주치자 그녀는 얼른 눈을 내리깔고 손가락 끝으로 한참이나 모래를 매만지고 있었다. 한동안 나는 은어 생각에 빠져 있었던가.

(중략)

그녀와 나는 서툴고 기묘한 몸짓으로, 서로를 차단하고 있는 투명한 공간을 서먹하게 거역하면서, 마침내 상대의 차가운 입술에 지친 듯 입술을 갖다댔다. 순간 나는 때로는 그리움이 정욕을 부른다는 사실을 깨달았고 그녀가 모르게 진저리를 치고 있었다. 그 기이한 깨달음의 순간이 지나기가 무섭게 그녀가 아이처럼 내 품에 안겼다. 돌연한 일이라서 나는 잠시 멍한 상태에서 숨을 가다듬었다. 어떻게 해야 할지 모르겠어서였다. 그러는 사이 그녀가 내 목을 힘주어 끌어안고 안 아줘요, 하면서 몸을 떨기 시작했다.

유채꽃의 바다에서 그녀와 나는 아무 뉘우침도 약속도 없이 급기야는 하나가 되어 달빛이 끄는 대로 조수처럼 떠내려갔다.

존재의 뿌리에 대한 그리움이 '서로를 차단하고 있는 투명한 공간'을 '거역하면서', '급기야는' '그녀'와 내가 '하나가' 되는 애틋한 장면이다. 여기에서 '시원으로 거슬러 올라가는' 행위는, 구차한 현실과는 다른 그 어떤 미지의 장소를 찾아가는 여정으로 볼 수 있다. 다만, '돌아가고자 하는 그곳은 어디인가?' 혹은 '무엇 때문에 회귀하는가?' 등의 질문을 견딜 수 있어야 할 것이다. 과거로의 회귀는 구체적 현실(돌아가지 못하게 하는 부정적 현실)과 팽팽한 긴장을 유지하고 있어야 한다. 그래야만 현실 도피(과거로의 퇴행)를 넘어, 부정한 현재를 지양(止揚)하는 '오래된 미래'의 문을 열 수 있기 때문이다.

그렇다면 '지금 여기'에서 우리는 '다시' 질문을 던져야 한다. '이 작품의 등장인물들은 무엇 때문에 현실에 뿌리 내리지 못하고 끊임없이 존재의 근원으로 되돌아가고자 하는가?', '저항과 절망, 고독과 쾌락 등이 뒤엉킨 은어낚시모임의 거듭나기 연습이 그들의 삶을 억압하는 불구적 현실에 어떤 영향을 미칠 수 있을까?'

이러한 질문을 염두에 두고 윤대녕의 「은어 낚시 통신」을 다시 차분하게 음미해 보자. 그리고 우리 문학사의 한 페이지를 장식하고 있는 다음의 장면을 곱씹어보며 등장인물들의 행위가 어떤 진실한 삶의 가능성을 내포하고 있는지 생각해 보자.

그녀는 산란중인 은어처럼 입을 벌리고 무섭게 몸을 떨고 있었다. 그녀는 그런 자세로 물끄러미 나를 바라보고 있다가 마침내 벽에 모로 기대어 소리 없이 흐느끼기 시작했다.

그러나 그 먼 존재의 시원, 말하자면 내가 원래 있어야 하는 장소로 돌아가기까지 나는 보다 많은 밤과 낮을 필요로 해야 했다.

긴 흐느낌의 시간이 흐른 뒤, 나는 가까스로 그녀에게 다가가 살아 있는 자의 온기라곤 느껴지지 않는 그녀의 차디찬 손을 완강하게 거머쥐었다.

　아침이 오기까지 나는 그녀의 손을 잡고 내 살아온 서른 해를 가만
가만 벗어던지며, 내가 원래 존재했던 장소로, 지느러미를 끌고 천천히
거슬러 올라가고 있었다.

39 김소진의 「자전거 도둑」

'그림자'와 함께하는 온전한 삶을 위하여

마음의 상처가 없는 사람은 없다. 정도의 차이가 있을 뿐이다. '트라우마(trauma, 정신적 외상)'는 멀리에 있지 않다. 부모와 자녀, 친구나 연인 사이에서도 발생한다. 가까운 사이일수록 상처를 주고받기 쉽다. 트라우마를 치유하는 첫 단계는 그것을 '지금 여기'로 불러내 마주하는 것이다. 이 일은 매우 고통스럽다. 외면하고 부정하고 싶은 내 안의 '그림자'와 대면해야 하기 때문이다. 다음 단계는 이 그림자와 화해하는 단계이다. 홀로 선다는 것, 즉 성인이 된다는 것은 자기 안의 빛과 그림자를 인정하고, 이를 통합하고 조절하는 능력을 갖춘다는 것이다. 그림자를 완전히 제거하는 방법은 없다. '그림자가 없는 완전한 삶은 불가능하지만, 그림자와 함께하는 온전한 삶은 얼마든지 가능하다.'

김소진의 「자전거 도둑」은 치명적인 트라우마를 겪은 두 남녀의 짧은 만남을 다룬 작품이다. 이들을 연결해 주는 매개체는 영화 〈자전거 도둑〉이다. 화자는 자신의 자전거를 훔쳐 타는 서미혜를 발견하고 〈자전거 도둑〉을 떠올린다. 그는 이 영화 앞에서 늘 갈피를 잡지 못하고 불안에 떤다. 어린 시절의 그림자(상처와 죄책감)를 떠올리게 하기 때문이다. 그 시절을 잠깐 엿보기로 해보자. 몸이 불편한 아버지에게 구멍가게는 유일한 수입원이자 자존심이었다. 아버지는 수도상회 혹부리영감에게 받아온 소주가 두 병 모자라자 며칠 후 다시 가 은밀히 소주 두 병을 더 넣었다가 발각된다. 어린 아들은 자신이 한 짓이라고 우긴다. 혹부리영감은 눈앞에서 아이를 호되게 가르치라고 윽박지른다. 아버지는 손을 부들부들 떨며 아들의 뺨을 때린다. 그때 화자는 '아버지의 눈 속에 흐르지도 못하고 괴어 있는 눈물'을 '투시'하고 만다. 그 사건 이후 화자는 '죽는 한이 있어도 애비라는 존재'는 되지 않겠다고 '다짐'한다. 복수심에 불탄 화자는 수도상회에 몰래 들어가 가게를 난장판으로 만든다. 혹부리영감은 그 충격으로 시름시름 앓다가 세상을 등지고 만다. 영화 〈자전거 도둑〉에 나오는, 자전거를 훔치다 들켜 '아들이 지켜보는 앞에서 아버지의 권위를 깡그리 무시당한 안토니오의 무너진 등'과 이를 목격하고 '평생 씻을 수 없는 내면의 상처를 끌어안고 살아갈' 어린 아들 브루노의 모습은 이러한 화자의 어린 시절을 암시하는 이미지이다. 따라서 화자가 〈자전거 도둑〉을 반복하여 보는 행위는 떠올리기 싫지만 그럼에도 불구하고 대면해야 할 유년의 상처를 환기하며 이와 더불어 살아가고자 하는 의지를 드러낸다고 할 수 있다.

'자전거 도둑' 서미혜 또한 유년의 어두운 그림자를 안고 살아가는 인물이다. 그녀에게는 자전거 타기를 좋아하던 오빠가 있었다. 그녀를 태우고 자전거를 타던 중 오빠는 '간질발작'을 일으킨다. 이후 오빠는 다락방에 갇혀 생활한다. 스무 살이 넘은 오빠는 어느 날 욕정을 이기지 못하고 그녀의 옷을 벗기고 덮친다. 참을 수 없는 수치심과 증오감을 느낀 서미혜는 엄마가 집을 비운 사이 오빠를 버려두고 친구네 집에 가서 지낸다. 일주일을 갇혀 지낸 오빠는 며칠 후 죽고 만다. 그녀에게 영화 〈자전거 도둑〉은 오빠의 죽음을 의도적으로 방치한 죄책감을 환기하는 매개체이다. 영화 속에서 간질병으로 나뒹굴던 '자전거 도둑(창백한 청년)'이 오빠를 닮았기 때문이다. 하여, 그녀가 자전거를 훔쳐 타는 행위는 자전거 타기를 좋아했던 오빠를 대면하는 행위임과 동시에 오빠에 대한 죄책감을 떨쳐버리기 위한 노력의 일환인 셈이다.

하지만 이들의 트라우마는 끝내 치유되지 못한다. 서미혜는 화자에게서 오빠를 보고자 했으며 그와의 관계를 통해 과거의 상처를 위로받고자 했다. 하지만 화자는 그녀의 아픔을 보듬어주지 못하고 도망치듯 집을 빠져 나온다. 자신의 상처가 깊어 타자의 고통을 보듬어줄 마음의 여유가 없었기 때문이다. 다른 자전거를 훔쳐 타고 있는 서미혜의 모습을 보며 허둥지둥 자전거 전용도로를 벗어나는 화자의 모습은 이를 잘 보여주는 예이다. 하지만 화자가 멀리서나마 '자전거 도둑' 서미혜를 지켜보며 그녀의 상처를 가늠해 보고 있다는 점은 의미심장하다. 그녀의 모습은 자신의 상처를 돌아보게 하는 계기가 되었으며 그만큼 그녀에게 다가갔다는 의미이기 때문이다.

이 작품이 보여주듯 아버지, 오빠 등 사랑하는 사람일수록 상대에게 돌이킬 수 없는 상처를 남길 수 있다. 상처가 깊은 만큼 그 상처를 치유하기가 쉽지 않다. 무능하고 초라하다고 해서, 병들고 창피하다고 해서 아버지를, 오빠를 자신의 삶에서 지울 수는 없기 때문이다. 그렇다면 그들의 존재를 있는 그대로 인정하고 그들로 인한 트라우마와 더불어 살아가야 한다. 「자전거 도둑」은 이러한 어두운 '그림자'와 '더불어' 살아가야 하는 상처받은 영혼들의 몸부림을 섬세하게 드러내고 있다는 점에서 손쉬운 화해를 다룬 그 어떤 작품보다 진한 여운을 남기는 소설이다.

'깡통따개'를 닮은 소설가의 비애

아역배우들의 실상을 보도한 프로그램을 본 적이 있다. 스타의 꿈을 안고 방송국 주위를 맴돌며 고달픈 삶을 버텨내는 아이들의 모습이 가슴 아리게 다가왔다. 치열한 경쟁을 뚫고 스타가 된다 해도 그 유명세만큼 겪는 고통 또한 만만찮다. 한창 또래들과 어울릴 나이에 친구도 제대로 사귈 수 없음은 물론, 어른들도 소화하기 힘든 빡빡한 스케줄을 이겨내야 한다.

배우는 잘 다듬어진 상품이다. 기획사들은 이익을 얻기 위해 스스럼없이 아이들을 상품화한다. 돈이 안 된다고 판단되면 즉시 외면하는 것이 자본의 논리이다. 이를 알고 있음에도, 연기학원에는 아이들이 넘친다고 한다. 대화가 있는 단역을 맡는 것이 소원인 한 초등학생은 새벽 여섯시에 집을 나서 자정 가까운 시간이 되어서야 고단한 몸을 이끌고 돌아온다. 당연히 학교 수업은 땡땡이다. 몇 번의 오디션에 떨어지자, 외모 때문에 탈락했다고 생각하고 성형수술을 받기에 이른다. 심지어 한 학생은 실감나는 장면을 연출하기 위해, 인형을 쓰기로 한 당초의 추락 장면을, 부득부득 우겨 직접 연기하기까지 했다고 한다. 명장면을 연출하기 위한 아이의 장인정신(?)에 부모도 어쩔 수 없었다고 한다.

화려한 조명 뒤에 가로놓여 있는 음험한 경쟁 논리를 미처 이해하기도 전에 스러지는 아이들. 이러한 아이들의 모습을 보며 구효서의 「깡통따개가 없는 마을」이 떠오른 이유는 무엇일까?

이 소설은 원터치 캔의 등장으로 제 기능을 상실한 깡통따개처럼, 편리함 위주로 변하는 사회 현실에 적응하지 못하고 방황하는 전업 작가의 자의식을, 서커스단이 없어진 후 절에서 불목하니로 살아가는 탈출사의 삶과 포개놓은 작품이다.

주인공은 '청국장' 같은 소설을 쓰고 싶지만, 세상은 '햄버거'와 '샌드위치' 같은 상품을 원한다. 하나의 상품으로 기획되는 오늘날의 소설은 '청국장'(깡통따개)보다는 '햄버거'나 '샌드위치'(원터치 캔)에 더 가깝다.

「깡통따개가 없는 마을」의 주인공은 아역스타를 꿈꾸는 아이들과 상반된 입장에 처해 있다. 자신이 꿈꾸는 작가의 길을 가고 싶지만, 현실은 이를 용납하지 않는다. 작가로서 품은 꿈을 상징하는 '깡통따개 / 청국장'은 '원터치 캔 / 햄버거 / 샌드위치'에 밀려 더 이상 설 자리가 없다. 화려한 조명을 좇아 스타를 꿈꾸는 아이들이 미처 자신의 다양한 가능성을 탐색해 보기도 전에 미디어를 통해 주입된 음험한 경쟁 논리에 알몸으로 노출되어 있다면, 「깡통따개가 없는 마을」의 주인공은 진정으로 자신이 원하는 작가의 길을 가고 싶지만 돈이 안 된다는 이유로 그 길을 접어야 하는 처지에 놓인 것이다.

새삼 우리 사회의 냉혹함을 곱씹어본다. 정체성에 대한 고민을 박탈하고 아이들에게 꿈을 주입하는가 하면, 진짜 자신이 원하는 일을 하려는 자들에게는 현실(생활/생존)의 논리로 이를 가로막고 있다.

깡통따개가 필요 없이 된 시대는 그것을 닮은 소설가를 원하지 않는 사회이며, 이러한 세상에서 작가는 스스로의 존재가치를 잃고 방황할 수밖에 없다.

나는 버스에서 내려 담배 한 대를 피우면서 하늘을 올려다보았다. 구름 한 점 없었다. 산봉우리들을 유심히 보고, 시냇물의 흐름과 길의 높낮이도 살폈다. 손차양을 만들어 해를 보고 내 그림자의 길이와 방향을 가늠했다. 그리고 다시 담배 한 대를 피웠다. 길 위에서 십여 분을 흘려보낸 뒤 나는 저만치 서 있는 공중전화로 가 아내에게 전화를 걸었다. 아내는 집에 있었다. 나는 수화기에 입을 대고 말했다.

"어떡하지? 여기가 어딘지 모르겠어."

어렵게 깡통따개를 구했지만 요즘의 음료수 깡통은 잘 따지지 않는다. 하지만 깡통따개보다 더 낡은(오래된) '호미'로 깡통을 멋지게 따는 '탈출사'도 있지 않은가. 작가 또한 길을 잃고 헤매는 과정을 거쳐 새로운 소설 찾기를 계속하고 있지 않은가. 구효서가 여전히 깡통따개를 닮은 좋은 소설을 쓰고 있다는 사실은 이를 보여주는 예이다. 자신의 현재 처지를 정확하게 인식하고 꿈과 현실의 간극을 좁혀가는 과정이 중요하다. 깡통따개의 마음을 이해해 주지 못하는 사회가 원망스럽기도 하지만, 어느 정도는 그런 사회에 맞춰가야 하는 것이 우리들의 삶이다. 부정적이고 야속한 현실을 보다 나은 방향으로 이끌기 위해서는 깡통따개 스스로도 변해야 하기 때문이다. 하지만 자신이 깡통따개라는 사실마저 잊어서는 안 될 것이다.

그렇다면 주인공의 말을 조금 비틀어 스스로에게 질문해 보자.

"내가 서 있는 여기가 어디지?"

5. 소통과 공감

분열과 갈등을 넘어
소통과 공감으로

가깝고도 먼 어머니의 사랑

〈공공의 적〉(2002)이라는 영화를 보고 충격을 받았던 일이 생각난다. 자식이 부모를 살해한다는 극단적인 설정 탓에 뇌리에 더 강하게 남았을 테지만, 또 다른 이유가 있었다. 죽음을 맞이하는 순간까지 자식의 범죄를 감추기 위해 아들의 손톱을 삼키던 어머니의 모습. 그것은 숨 막히는 모성애였다.

〈공공의 적〉이 모성애를 나타내기 위해 거칠고 잔인한 방법을 사용했다면, 「눈길」의 모성애는 부드럽고 따뜻하게 드러난다. 이청준은 모성애, 휴머니즘, 고향 상실 등 인류 보편의 주제를 이야기(소설) 형식으로 갈무리하는 솜씨가 돋보이는 작가다. 이청준은 「눈길」에서 자식을 향한 어머니의 애틋한 사랑을 '눈길'이라는 차갑고도 포근한 상징으로 나타낸다. 그리고 어머니를 '노인'이라 지칭하는 것, 아내와 어머니의 대화를 엿듣는 상황 설정(어머니의 사랑을 간접화하는 장치) 등을 통해 화자의 심리 변화를 효과적으로 길어 올리고 있다.

화자인 '나'는 '노인'에게 '빚'이 없다고, 노인 또한 자신에게 '주장하거나 돌려받을 것이 없는 처지'라고 끊임없이 되뇐다. 형의 '주벽'으로 가계가 파산한 뒤, 화자는 혼자 힘으로 성장했다. 형이 떠맡긴 장남 역할을 할 시간, 어머니를 돌볼 여유 따위는 없었다. 제 앞가림조차 벅찬 삶이었다. 하지만 항상 마음 한구석엔 노인에 대한 '묵은 빚'이 웅크리고 있다. 그 당시 자신을 도와줄 수 없었던 노인의 처지를 잘 알고 있기 때문이다. 이렇듯 화자와 노인 사이의 거리감, 즉 '서로 주고받을 것' 없어 보이는 처지 이면에는 안타깝고 애틋한 속사정이 가로놓여 있다.

작가는 화자와 노인 간의 정서적 거리감을 좁히고 미묘한 갈등을 해소해 주는 매개적 인물로 '아내'를 등장시킨다. 아내는 화자가 의도적으로 외면하고 있는 사실, 즉 노인의 아들에 대한 헌신적 사랑을 환기시키기 위해 노인을 집요하게 추궁한다. 그녀는 노인과 남편이 서로 애써 피해 오던 과거의 '옷궤'에 얽힌 이야기를 끄집어낸다.

화자가 고등학교 1학년 때 술버릇이 나빠진 형은 전답과 선산을 팔고 급기야 집까지 남의 손에 넘긴다. 이 소식을 들은 화자는 옛 집을 찾는다. 노인은 언제 찾아올지 모르는 타지(他地)에 있는 아들이 '옛집의 모습과 옛날 같은 분위기 속'에서 단 하룻밤이라도 편안히 지낼 수 있도록 빈집을 드나들며 청소를 해왔다. 노인은 자신이 집을 지켜온 흔적으로 안방 한쪽에 옷궤 하나를 남겨두었다. 옷궤는 노인에게 빛진 것이 없다고 다짐하는 화자를 언제나 불편하게 만드는 물건이었다. 아내는 그 당시의 심정을 말해 달라고 노인을 다그친다.

「눈길」은 노인과 아내의 이야기를 엿들으며, 인정하고 싶지 않지만 인정해야 하는 화자의 복잡한 심리를 섬세한 문체로 포착한다. 이 이야기로 '야속한 노인'은 서서히 '그리운 어머니'로 변모해 간다.

"간절하다 뿐이었겠냐. 신작로를 지나고 산길을 들어서도 굽이굽이 돌아온 그 몹쓸 발자국들에 아직도 도란도란 저 아그 목소리나 따뜻한 온기가 남아 있는 듯만 싶었제. 산비둘기만 푸르르 날아올라도 저 아그 넋이 새가 되어 다시 되돌아오는 듯 놀라지고, 나무들이 눈을 쓰고 서 있는 것만 보아도 뒤에서 금세 저 아그 모습이 뛰어나올 것만 싶었지야. 하다 보니 나는 굽이굽이 외지기만 한 그 산길을 저 아그 발자국만 따라 밟고 왔더니라. 내 자석아, 내 자석아, 너하고 둘이 온 길을 이제는 이 몹쓸 늙은 것 혼자서 너를 보내고 돌아가고 있구나!" ……

(중략)

나는 아직도 눈을 뜰 수가 없었다. 불빛 아래 눈을 뜨고 일어날 수가 없었다. 사지가 마비된 듯 가라앉아 있는 때문만이 아니었다. 졸음기가 아직 아쉬워서도 아니었다. 눈꺼풀 밑으로 뜨겁게 차오르는 것을 아내와 노인 앞에 보일 수가 없었다. 그것이 너무도 부끄러웠기 때문이다.

아내를 매개로 노인의 애틋한 심정이 화자에게 전달되는 이 부분은 이 소설의 압권이다. 화자가 그토록 회피하고자 했던 노인의 이야기가 "어린 손주 아이에게 옛얘기라도 들려주는 할머니의 그것처럼 아늑한 느낌"으로 다가온다. 노인의 목소리는 마침내 화자를 '그날의 정경'으로 이끌어, 자식을 떠나보내고 다시 '어둠 속의 눈길'을 되돌아서는 어미의 애틋한 마음을 헤아리게 한다. 이윽고 "형언하기 어려운 어떤 달콤한 슬픔, 달콤한 피곤기 같은 것"이 화자의 몸을 감싸며, 급기야 "눈꺼풀 밑으로 뜨거운 것"이 차오르기에 이른다. 부끄러움을 삼키는 화자의 눈물은, 자식과 집을 지켜주지 못해 '말간 햇살'을 바로 보지 못하는 어미의 '시린 눈'과 포개지며 진한 감동을 자아낸다.

필자는 이 작품을 읽으면서, 어머니와 관련된 아련한 추억 두 가지가 떠올랐다. 첫 번째 추억은 초등학교 4학년 때 일이다. 친구들과 화투놀이를 해서 꽤 많은 돈을 땄다. 백 원짜리 지폐 몇 장이 내 손에 들려 있었다. 몹시 궁핍했던 시절이라 이 돈을 가져가면 어머니가 몹시 기뻐할 거라 생각했다. 그래서 집으로 달려가 어머니께 자랑했다. 어머니는 말없이 나의 손을 잡고 부엌으로 가시더니, 연탄난로의 뚜껑을 열고 지폐를 넣으셨다. 그러곤 아무 말도 없으셨다. 그 어떤 질책보다 무서운 처벌이었다. 어머니의 마음을 이해하기까지 얼마나 많은 감정의 우회로를 거쳤던가.

두 번째, 어머니는 요즘도 새벽 운동을 하신다. 늙어서 자식들에게 부담 주기 싫다는 이유에서다. 당신의 건강한 삶을 위해 운동을 한다기보다, 다음 세대들의 삶을 염려해 오늘도 기꺼이 달콤한 새벽잠을 헌납하신다.

농담 삼아 학생들에게 "새끼가 아플 땐 대신 아파주고 싶지만, 아내가 아플 땐 그 정도까지는 아니야."라고 말하곤 한다. 아마 아내도 같은 생각을 하고 있지 않을까? 아이 둘을 둔 아버지임에도 여전히 부모님의 헌신적 사랑이 부담스러울 때가 있다. 이청준의 「눈길」은 부모와 자식 사이에 긴 내 자신의 정체성을 곱씹어보는 좋은 기회를 제공해 준다. 작가는 어쩌면 어머니의 사랑에 감복하면서도, 그 무한한 희생이 부담스러운 아들(도시인)의 감정을 형상화하려 했는지도 모른다. 부모님의 사랑이 부담스럽게 느껴질 때마다 이청준의 「눈길」을 읽으며, 부모님과의 지난 추억을 떠올리고 진지한 내면의 대화를 나눠보는 건 어떨까?

슬프고도 아름다운 삶을 위하여

　　이순원의 「말을 찾아서」는 가슴속에 묻어두었던 슬프고도 아름다운 이야기를 현재와 과거의 교차 서술을 통해 풀어내고 있는 작품이다. 또한 작품 속 화자가 써내려가는 '사보의 원고'와 본 이야기, 이효석의 「메밀 꽃 필 무렵」이 선사하는 분위기와 이 작품의 애틋한 상황이 미묘한 긴장 관계를 유발하면서 아련한 여운을 남기는 소설이다.

　　특히, 텍스트에 드러나는 다양한 에피소드들을 소설의 주제의식과 연결하는 작가적 솜씨가 돋보이는 작품이다. 작가는 마치 한 편의 추리소설을 쓰는 듯이 각각의 에피소드들을 정교하게 연결시키며 독자들의 마음을 쥐락펴락하고 있는데, 작품의 결말에 이르러서는 급기야 진한 감동의 물결에 몸을 맡기게 된다.

　　소설가이기도 한 작중 화자는 어느 사보 편집자로부터 원고 청탁을 받는다. 이효석의 「메밀 꽃 필 무렵」과 작품 배경에 관한 글을 써달라는 것이다. 고향이 '그쪽'인 화자는 '봉평'에 대해서라면 누구보다 하고 싶은 말이 많다. 하지만 지금 그 이야기를 하고 싶지 않다. 어쩔 수 없이 「메밀 꽃 필 무렵」의 나귀가 아닌 '또 다른 나귀와 아부제(양아버지)'에 대한 이야기를 해야 하기 때문이다.

여기에 더해 정초에 꾼 '말' 꿈이 화자를 괴롭힌다. 틀림없는 말이 "안장도 고삐도 없이 자르르 윤기 흐르는 붉은 맨몸"으로 화자에게 다가와 "히히힝, 소리를 지르듯 주위를 맴돌"았던 것이다. 이 꿈은 화자의 의식 한구석에 껄끄럽게 남아 있던 기억을 끄집어낸다. 일본 여행 중 호기심으로 "말을 끌던 아부제가 예전 유일하게 가리고 금기하던" "그놈의 고기를 입에 댄" 것이다. 말 꿈은 아마 그래서 꾸었을 것이다.

"어릴 때부터 말에 대해서 한 번도 좋은 생각을 가져 본 적 없었"던 화자는 결국 사보의 원고를 수락하고 과거의 기억과 대면한다. 결혼한 지 15년이 지나도 아이를 낳지 못하는 당숙모 때문에 화자는 어린 시절 작은집의 양자로 정해진다. 그의 의지와 무관하게 어른들 사이에서 이루어진 일이다. 그때 당숙은 '은별'이라는 노새를 끌고 있었다. 이 노새의 삶과 당숙의 삶은 많이도 닮아 있었다. 온갖 멸시와 눈총 속에서도 묵묵하게 자신의 맡은 바 일을 성실히 수행하는 순박한 삶. 자식을 갖지 못한 이들은 서로를 의지하는 '생의 동반자'이다. 마을 사람들이 "노새를 부리는 당숙"을 "은근히 깔보고 우습게" 알았기 때문에 화자는 '노새집 양재'가 되는 것이 너무나 "싫고 부끄러웠다." 심지어 당숙을 지칭하는 '노새 애비'는 "쌍욕보다 못한 호칭"이었다. 화자가 양자가 되는 것을 끔찍이 싫어한다는 사실을 안 당숙은 완전히 집 밖으로 나돌기 시작한다. 화자가 당숙의 애틋한 마음을 매몰차게 거절했기 때문이다. 당숙은 봉평 어딘가의 '산판장'에 가 있다고 했다. 중학교 1학년이 된 화자는 당숙을 찾아 봉평으로 떠난다. "그간 지은 죄도 있고, 또 그 때쯤"은 "가슴에 풀어지는 무엇이 있었다." 어렴풋이나마 당숙이 처한 상황을 이해할 수 있을 만큼 성장한 것이다. 당숙을 만난 화자는 그를 '아부제'로 부른다. "아버지가 있으니 아버지라 부를 수 없고, 그러면서도 아버지라는 뜻"을 담아 불러야 했기 때문이다.

화자와 아부제는 '노새'를 끌고, "달이 없어도 별이 좋은 밤"을 걸어 집으로 향한다. 이효석의 「메밀 꽃 필 무렵」이 연상되는 장면이다. "노새는 연신 딸랑딸랑 방울을 울리고, 길옆은 온통 옥수수밭이거나 감자밭, 얼갈이 무와 배추를 뽑은 다음 씨를 뿌린 메밀밭이었다. 꽃향기도 좋고 저녁 바람도 시원했다." 하지만 「말을 찾아서」는 「메밀 꽃 필 무렵」의 단순한 아류작이 아니다. 「메밀 꽃 필 무렵」은 이 글을 쓰게 된 동기, 노새와 얽힌 사연, 화자가 아부제를 찾아간 봉평, 아부제와 집으로 돌아오는 풍경 등 다분히 소재적 차원에서 활용되고 있다. 이순원은 이러한 배경을 바탕으로 「메밀 꽃 필 무렵」과 전혀 다른 색다른 풍경을 창조하고 있다. 이를테면, 화자와 아부제의 다음과 같은 대화는 「메밀 꽃 필 무렵」과 구별되는 온전히 「말을 찾아서」만의 문학적 성취라 할 만하다.

　　"수호야."

　　"야."

　　"니가 날 데리러 완?"

　　"야, 아부제."

　　"수호야."

　　"야."

　　"니가 날 데리러 이 먼 데까지 완?"

　　"야, 아부제."

　　"니가…… 니가…… 나를 애비라구 데리러 완?"

　　"야, 아부제."

　　돌아오는 길 내내 아부제가 묻고 화자가 답한 위의 짧은 문답은, 화자와 아부제 사이의 내면적 갈등을 해소하는 데 조금의 부족함도 없다. 더 이상 무슨 말이 필요하겠는가?

　　그러나 끝내 말과는, 아부제가 끄는 그 노새와는 화해가 되지 않았다. 예전보다 덜 부끄럽다 해도 그랬다. 그 말은 화자가 중학교 3학년 때까지 집에 있었다. 화자는 노새에게 참으로 많은 설움과 눈총과 미움을 주었다. 그가 누리는 것 모든 것이 노새의 등에서 나왔는데도 말이다. 화자는 아부제와는 화해했지만 끝내 노새와는 그러지 못한 셈이다.

화자는 작품의 말미에 '노새'에게 '그'라는 인격을 부여했다. 그리고 '그의 슬픈 생애'에 대해 제대로 글을 쓸 수 있는 날이 오기를 기약했다. 그 '이야기'가 완성되는 날 비로소 '말(노새)', 아니 '그'에 대해서 자유로워질 수 있을 것이다.

하여, 「말을 찾아서」는 '그'와 살아생전에 끝내 하지 못했던, "암말과 수나귀 사이에서" 태어나 "온갖 핍박 속에 오직 무거운 짐과 먼 길을 걷기 위해 생식력도 없는 큰 자지만 달고 나온 노새", '은별이'에 대한 이야기를 예고하는 전주곡이라 할 수 있다.

'밀실'의 붕괴, 혹은 '광장'의 발견

「GREY 구락부 전말기」(1959)는 최인훈이 발표한 첫 작품이다. 한 작가의 등단작에는 작품 세계 전체를 조망할 수 있는 밑그림이 투영되어 있는 경우가 많다. 최인훈의 경우가 그러하다. 우리는 이 작품을 통해 그의 소설을 따라다니는 '사변적', '관념적'이라는 수사가 탄생하는 과정을 엿볼 수 있으며, 나아가 『광장』(1960)에서 『화두 1, 2』(1994)에 이르는 광활한 작품 세계를 탐사하는 주요 키워드를 추출할 수 있다.

「GREY 구락부 전말기」의 시대적 배경은 1950년대 말이다. 전후의 암울한 현실과 이승만 정권의 폭압은 이 땅 젊은이들에게 한 치의 정신적 자유도 허용하지 않았다. 「GREY 구락부 전말기」는 이러한 시기를 살아가는 뿌리 뽑힌 젊은이들의 고민과 방황을 포착하고 있는 작품이다. 최인훈의 소설 전체를 관통하는 주제의식, 즉 '자유를 향한 열정'이 잉태되고 있는 셈이다.

작품의 줄거리는 간단하다. 주인공 '현'은 화가 'K'의 제의로 'GREY 구락부' '창당 모임'에 참가한다. '현실과의 쓸데없는 부대낌'을 피하고 정신적 자유를 추구하는 일종의 '비밀 결사' 조직이다. 이 'GREY 구락부'가 내부적, 외부적 요인으로 인해 붕괴되는 과정이 작품의 주된 내용이다.

그렇다면 '밀실'에서 자유를 추구하려는 젊은이들의 고뇌와 방황이 지닌 의미는 무엇일까?

먼저, 주인공 '현'의 우울한 내면을 따라가보자. 현은 책을 버렸다. 그에 따르면 '책의 쓸모없음'이 '책의 쓸모'의 전부였다. 역사, 철학, 문학 등 책의 '알몸뚱이'를 보고 나니 흥미가 없어진 것이다. 단순한 투정이나 불만으로 볼 수는 없다. '책을 한때라도 놓으면 금방 자기의 있음은 온데간데없어질 것 같은' 심정으로 '책에 음(淫)한' 절박한 시기를 거쳐 얻어낸 고통스런 결론이기 때문이다. 한 대상에 몰두하여 그것을 끝까지 밀어붙여본 자만이 당당하게 선언할 수 있는 허무의식인 셈이다. 최인훈 소설의 사변성을 쉽게 외면할 수 없는 이유가 여기에 있다. 마치 책에 모든 것을 걸어본 자들이, 그들의 깊고도 넓은 사유의 '구락부'로 독자들을 초대하고 있는 듯하다. 그 초대에 응하기 위해서는 책(밀실 혹은 동굴)에서 자유를 누릴 수밖에 없는 고독한 영혼의 내면이 지닌 '관념성'의 관문을 통과해야 한다. 또한 그럴 수밖에 없는 당시의 답답한 시대적 상황을 수락해야 한다.

일단 이 초대에 응했다면, 'GREY 구락부'가 현실 도피적인 성격을 지녔다고 성급하게 비판하기보다는, 그들의 밀실이 무엇을 지향하는 지 꼼꼼하게 따져보는 작업이 선행되어야 한다. 그런 다음에 비판해도 늦지 않다. 'GREY 구락부'는 '창'의 '기사단'이다. 그들은 '움직임의 손 발을 갖고 있지 못하고, 내다보는 창문만을 가진' '창' 타입의 인간형 에 가깝다. '창'은 '밖으로부터 들어앉은 방'을 지켜준다. 한편 '닫힌' 방 과 '바깥을 오가기 위한' '문'이기도 하다. 중요한 점은 이들의 존재가 '방', 즉 'GREY 구락부' 안에 위치해 있다는 점이다. 그들은 '방' 안에 서 '바깥' 풍경을 감상하는 존재이다. 결코 방 바깥으로 나아가지 않는 다. 인간은 '안'과 '바깥'의 '어울림' 속에서 살아간다. 다만 어느 쪽에 서 있느냐에 따라 현실에 대한 태도가 달라질 따름이다. '현'을 비롯한 GREY 구락부의 기사들은 방 '안' 쪽에 치우쳐 있는 자들이다. 이들은 행동보다는 생각을, 실천보다는 사유를, 움직임보다는 바라봄을 우선 시하는 '회색분자들'이다. 사변적이고 관념적이며 그만큼 자의식이 강 한 인물들이다. 그들은 항상 '창'을 통해 현실과 거리감을 유지한다. 이 는 '언어'를 통해 현실을 대상화(관념화)하는 최인훈의 작가적 태도와 유사하다.

「GREY 구락부 전말기」는 이러한 '밀실'의 붕괴 과정을 그리고 있는 작품이다. 이를 통해 작가는 '밀실'로 도피할 수밖에 없는 시대적 상황과 그들의 처지를 이해하지만, 그럼에도 불구하고 '창'을 깨고 '밖'으로 나와야 한다고 주장한다. '안(밀실)'과 '밖(광장)'의 균형을 모색하고 있는 것이다.

이제 그 과정을 살펴보자. 현과 구락부의 동료들은 '불온서적'을 읽고 '국가 전복'을 꾀한다는 혐의로 연행된다. 이른바 '밖'의 세계의 침입이다. 형사의 취조를 받는 과정에서 GREY 구락부는 '철학이나 문학'에 대해 '잡담'하고 '소일'하는 그렇고 그런 친목 단체로 전락한다. 현과 동료들은 '동지를 팔고 놓여난 배반자'의 치욕을 느낀다. 그들이 그토록 혐오했던 '밖'의 압력에 의해 '안'의 세계가 무참하게 붕괴된 것이다. '밖'과 단절된 '안'의 세계는 이처럼 연약하다.

그렇다면 '안'의 세계는 그 자체로 견고한가. 현은 키티에게 끌린다. 그는 '밀물처럼' '쏠리는' 이 '막아낼 수 없'는 감정으로 인해 혼란에 빠진다. GREY 구락부는 내부적으로도 균열을 일으킨다. 마침내 '안'의 세계가 붕괴된다.

현은 키티의 그 잠든 얼굴에서 비로소 이성을 알아보고 있었다. 지금껏 현에게 있어서 키티는 이성이라기보다 재주 있는 사람이었다. 그 재주가 키티의 끄는 힘이었다. 크리스마스날 그녀와 입술을 맞추는 순간에도 마찬가지였다. 똑똑치 못한 여자와 어울리기는 어려운 일이었다. 그러나 지금, 현의 수에 골탕을 먹고 이렇게 남의 집 소파에서 잠든 키티는 그저 여자였다. 그리고 현 자신도 그저 남자인 것을, 그저 사람인 것을 느끼는 것이었다. 아름답고 신비하지만 그것만을 쓰고 있을 수 없는 탈을 인제는 벗어야 할 것이 아니냐, 현은 그렇게 생각하였다. (현자도, 철인도, 공주도 아닌 그저 사람. 얼마나 좋은가. 더 멋있다.)

GREY 구락부(방 안의 세계)는 '재주', '똑똑함', '지식' 등 '아름답고 신비'한 '탈'로 구축된 세계이다. '도도한 정신주의'로 '현실'의 '눈'을 가린 이 허약한 인공의 세계는 자기만족적인 관념의 공동체였던 것이다. 관념의 가면이 벗겨지자 있는 그대로의 모습, 즉 존재의 맨 얼굴이 드러난다. '안'의 세계가 해체되어 '현자도, 철인도, 공주'도 아닌 그저 그런 평범한 인간이 탄생하는 순간 작품이 마무리된다. 그리고 바로 그 지점에서 『광장』의 '이명준'이 고개를 들고 일어선다. 최인훈의 문제작 『광장』은 '이명준'을 통해 '안(밀실)'과 '밖(광장)'의 균형을 본격적으로 모색한 작품이다. '현'이 '안' 쪽에 치우쳐 있었다면, '명준'은 '안'과 '밖'의 경계에 섰던 인물이다.

'그레이 구락부'의 '창'을 사이에 두고 '안(관념)'과 '밖(현실)'이 치열하게 '인정투쟁'을 벌이는 모습이, 『광장』 이후 발표된 최인훈 소설의 현장이다. 작품 속 인물들이 여전히 '안'의 세계에 매혹되어 있기에, 그의 소설은 사변적이고 관념적이라는 꼬리표를 떨쳐버리지 못한다.

망각에서 기억으로

임철우는 '1980년 5월 광주민중항쟁'의 상처를 집요하게 추적한 작가의 하나이다. 그의 초기 작품인 「동행」(1984), 「직선과 독가스」(1984), 「사산하는 여름」(1985) 등은 80년 광주의 기억을 최초로 다룬 소설에 속한다. 이러한 작품들이 있었기에 진실과 정의의 이름으로 부정한 권력의 횡포에 맞선 「십오방 이야기」(1987)와 「깃발」(1988), 일상의 무의식으로 가라앉은 역사의 의미를 한 소녀의 내면을 통해 포착한 「저기 소리 없이 한 점 꽃잎이 지고」(1988), 그리고 광주의 비극을 아우슈비츠 학살과 교차시킴으로써 예술의 본질과 인간 구원의 문제로까지 심화·확장한 「슬픔의 노래」(1955) 등 광주 문제를 다룬 빼어난 소설들이 빛을 발할 수 있었다. 특히, 철저한 자료와 증언을 바탕으로 광주민중항쟁을 입체적으로 복원한 『봄날』(1998, 전5권)은 80년 광주에 대한 작가의 끈질긴 탐색이 도달한 절정(絶頂)이라 할 만하다. 1980년 광주의 소설적 형상화는 임철우로부터 시작되어 그에 의해 마무리되었다 해도 과언이 아니다.

사실 1980년대 초반까지만 해도 광주 문제는 금기의 대상이었다. 무고한 시민들의 민주주의에 대한 염원을 총칼로 진압하고 집권한 군사독재 정권은 자신의 정당성을 합리화하기 위해 광주의 상처를 '망각'하라고 강요하였다.

임철우의 「동행(同行)」은 이러한 강요된 '망각'을 교묘하게 뚫고 분출되는 비극의 '기억'을 섬세한 감수성으로 포착하고 있다. 마치 이 작품을 통해 작가는 침묵을 강요한 것은 군사독재 권력이었지만, 일상의 평화를 위해 이러한 침묵을 자발적으로 수용한 것은 바로 우리들 자신이라고 질책하고 있는 듯하다. 화자인 '나'의 내면적 고뇌가 우리의 가슴에 절실하게 와 닿는 것도 이 때문일 것이다.

물론 과거의 상처는 빨리 치유하는 것이 좋다. 문제는 어떻게 치유하는가이다. 마치 아무 일도 없었다는 듯이 자신을 속이며 망각의 늪에 빠져 진실과 양심을 외면하는 삶은 일견 평화스러워 보인다. 하지만 실상은 그렇지 못하다. 무작정 잊어버린다고 해서 문제가 해결되는 것은 아니다. 언제, 어디서, 어떤 계기로 과거의 상흔이 되살아나 일상의 삶을 야금야금 갉아 먹을지 모르기 때문이다.

「동행(同行)」은 '권태와 망각', '마비된 의식과 희뿌연 혼돈의 나락' 속을 헤매고 있는 화자에게 광주의 기억을 머금은 '너'가 출현하면서 시작된다. '나'는 수배 중인 친구로부터 'M'시로 가는 열차편을 알아봐 달라는 부탁을 받는다. '나'는 '너'와 함께 'S'읍을 경유해 'M'시까지 동행한다. 이 짧은 여행에서 겪게 되는 '나'의 내면적 갈등이 소설의 중심 내용이다.

이 작품에서 우리가 주목해야 할 점은 화자인 '나'가 친구인 '너'를 만나면서 겪게 되는 내밀한 의식 변화이다. '나'는 '너'의 출현으로 인해 '조심스레 지켜오고 있던 휴식과 평온하고 느슨한 일상의 생활 감각을 밑바닥부터 송두리째 휘저어 놓고 말리라는' '어떤 불길한 파괴의 냄새'를 감지한다.

네가 다만 과거의 기억 속에서 머물러 있어 주는 한, 그래도 우리는 술에 취하면 잠들 수가 있었고, 가끔은 아픈 상채기를 손톱으로 할퀴어대면 저주 섞인 넋두리를 퍼부어 대다가도 그것이 끝나면 사실은 더 많은 일상의 권태와 망각 속으로 쉽사리 몸을 던져 넣을 수가 있었던 것이다. 우리들은 피곤했었다. 너무나 피곤하고 힘겨웠으므로 우리는 차라리 잠들어 버리고 싶었던 것이다. 그 때문에 우리는 우리의 마비된 의식과 교살 당한 영혼의 희뿌연 혼돈의 나락을 향해 까마득히 침몰해 가도록 내버려두고 싶었다. 그래 모두들 가라앉고 있었다. 저마다 탈색된 눈빛으로 심연의 저편으로 어느덧 차츰차츰 가라앉아 가고 있는 참이었다.

'그 여름'을 겪은 후 '너'를 떠나보낸 화자는 광주의 기억(섬뜩한 악몽의 흔적)을 망각하고 현실에 안주하려고 노력한다. 하지만 광주의 '명백한 증거물'로 나타난 '너'는 일상의 평온한 삶에 빠져 있던 '나'에게 '악몽 같은 기억의 그림자'를 곱씹어보라고 채찍질한다. 이러한 '너'의 출현에 화자는 '무엇인가에 대한 죄스러움과 분노', '자신에게 느끼는 혐오감과 연민 혹은 서글픔'이 뒤섞인 복잡한 감정을 느끼며 괴로워한다.

팽팽하던 '나'의 내면적 갈등은 기차 사고에 희생되어 '가마니에 덮여 있는 시체'를 목격하며 새로운 국면으로 전개된다. 그토록 안간힘을 써가며 간신히 덮어두고자 했던 악몽의 기억이, 마치 '윤간의 기억'처럼 알몸으로 드러난 것이다.

이렇듯 「동행(同行)」에는 역사 앞에 알몸으로 노출된 개인의 비겁함, 부끄러움, 죄의식 등이 적나라하게 드러난다. 작가의 관심은 총칼로 무고한 시민을 학살한 부정한 권력을 직접적으로 고발하는 것에 있지 않다. 오히려 그러한 악몽 같은 역사를 짐짓 외면하고 망각하려 한 나태한 우리들의 비겁함에 초점을 맞추고 있다. 작가(화자)는 스스로의 내면을 정직하게 응시하며 강요된 망각의 일상을 벗어나 과거의 상처를 치유할 수 있는 길을 찾아 나서라고 손짓하고 있다. 마치 '너'를 보며 '뭔가…… 뭔가 말야. 내가 해야 할 일이 있지 않을까. 하지만…… 난 그걸 아직도 모르겠어.'라고 고백하는 '나'처럼 말이다.

하지만 '누구도 그 길을 가르쳐 줄 수'는 없다. 자기 몫의 삶을 결정하는 것은 오직 자기 스스로일 뿐이기 때문이다. 이윽고 '나'는 '너'가 떠난 '빈자리'를 채워야 하는 것이 자신의 몫이라는 사실을 깨닫는다. '혼자' 그 '빈자리'로 돌아가야 할 길은 멀지만 바로 이러한 성찰이 있기에 우리의 삶은 조금씩 나아지는 것이리라.

이제 마음의 감옥을 파괴하고 자기 몫의 일을 찾는 일이 양심과 정의의 길을 함께하지 못한 자들의 의무로 몸을 바꾼다. 이러한 과정을 통해 '나'는 '너'로 향한 따스한 마음의 길을 낼 수 있는 것이다. 화자의 새로운 출발이 비록 느리고 고통스럽지만, 가느다란 희망의 실루엣을 함축하고 있는 이유도 이 때문이다. 이러한 희망의 끈이 '광주 폭동'(광주 사태)을 '5·18민주화운동'(광주민중항쟁)으로, '폭도'(빨갱이)를 '민중'(민주화 인사)으로 변화시킬 수 있는 원동력이 되지 않았겠는가.

「동행(同行)」은 80년 광주로 가는 길이 과거로 향해 있지 않고 현재·미래로 열려 있다는 사실을 보여준다. 이 작품을 통해 광주의 슬픔은 강요된 '망각'의 껍질을 벗고 살아 움직이는 역사의 속살로 되살아나고 있다. 이렇듯 작가는 역사의 뒤안길로 밀려날 운명에 처한 광주의 기억을 다시 일상의 현장으로 끌어들인다.

가슴에 응어리져 맺혀 있는 멍의 실타래를 풀지 않고서는 결코 온전한 삶의 청사진을 그릴 수 없다. 과거의 상처와 정직하게 대면하는 일은 현실의 고통을 치유하고 보다 나은 미래를 꿈꾸게 하는 통과제의(通過祭儀)이기 때문이다.

45 홍성원의 「삼인행」

세대 갈등을 넘어서기 위하여

인생의 여정은 '봄(탄생) → 여름(성장) → 가을(성숙) → 겨울(죽음)'로 이어지는 계절의 순환에 비유되곤 한다. 짧고 강렬한 젊음의 시기는 아마도 여름에서 가을 사이에 해당할 것이다. 성장과 성숙의 틈새에서 역동적인 에너지를 분출하는 젊음은, 이른바 가을과 겨울 사이에 놓이는 기성세대의 가치관과 충돌하곤 한다. '젊음의 역동성'과 '늙은이의 지혜'가 충돌하며 연출하는 '충격과 완충'의 변증법이 사회의 변화를 이끄는 동력일 것이다. 이 둘이 어떻게 소통하고 공감하느냐에 따라 그들이 속한 사회의 건강성이 결정되리라.

홍성원의 「삼인행」은 젊은 세대와 기성세대의 대화를 통해 '우리가 살고 있는 사회는 과연 건강한가?'라는 질문을 던진다. 줄거리는 간단하다. 시골의 한 형사가 수배 중인 대학생을 체포하자, 즉시 'K시'로 압송하라는 전갈이 온다. 일행은 택시를 대절해 'K시'로 가는 도중 조난을 당한다. 부상을 당한 세 사람은 가까스로 'H리(里)' 지서에 도착한다. 'K시'로 연락해 보니 '공소가 취하'되었으니 붙잡은 대학생을 '석방'하라는 어이없는 명령이 떨어진다.

대학생은 무슨 죄를 지었는가? 택시기사인 '남씨'가 '죄목'이 뭐냐고 묻는다. 학생은 자신도 모른다며 '높은 사람'한테 물어보라고 대답한다. 형사 또한 '위쪽 명령'이라 잡아가긴 하지만 자세한 사정은 모른다.

우리는 인물들의 대화를 통해 그가 지은 '죄 아닌 죄'를 짐작해 볼 수 있다.

"자넨 젊음의 충격만 높이 샀지, 그 충격을 완충(緩衝)시킨 늙은이
의 지혜는 무시하는군?"
"그렇다면 왜 늙은이의 지혜로 젊음의 충격은 용납하지 못하십니
까?"
"그 전에, 왜 자네들은 노인들의 지혜를 낡았다고 공박만 하나?"
"그게 바루 우리 젊음의 가장 값진 특권 아닙니까?"

'젊음의 특권'을 행사하다가 '늙은이의 지혜'와 충돌하였다는 것, 즉 변화를 갈망하는 젊은이들과 이를 용납하지 못하는 기성세대의 갈등을 연상할 수 있겠다. 어느 시대에나 흔히 있는 일이다. 문제는 어느 쪽의 논리가 타당한지 꼼꼼하게 따져보는 일이다. 이는 양자가 대화와

소통을 통해 합의에 이르는 과정에 다름 아니다. 작가가 「삼인행」에서 문제 삼고 있는 것은 이들 사이의 소통을 가로막고 있는 억압적 시대 상황인 셈이다.

그렇다면 '젊음의 특권'은 무엇을 의미하는가?

> "현대 사회에서 개인이 대체 무슨 일을 할 수 있다는 건가?"
>
> "무엇을 하기 위해 우리가 이러는 게 아닙니다. 아무것도 할 수 없는 세상이지만 눈 뜨고 깨어 있기라도 해야 되지 않습니까? 세상의 주인이 되구 안 되구는 끊임없이 그 세상에 간섭을 하느냐 포기하느냐에 달려 있습니다."

'개인'이 할 수 있는 일이 거의 없다는 사실을 알고 있지만, 그럼에도 불구하고 '깨어 있는 의식'으로 낡은 사회에 '간섭'하여 '세상의 주인'이 되고자 노력하는 것. 근대의 메커니즘에서 벗어날 수 없다는 사실을 알고 있지만, 보다 나은 미래에 대한 희망 또한 포기할 수 없는 것이 젊음의 모순된 운명이다. 돈이 지배하는 세상에 진절머리가 나기도 하지만 그렇다고 돈의 위력을 전면적으로 거부할 수도 없지 않은가. 현대 사회를 살아가는 개인이라면 이러한 근대 사회의 모순된 운명에서 자유로울 수 없다. 이 운명을 그대로 받아들이느냐, 아니면 '깨어 있는 의식'으로 거기에 도전하느냐가 문제이다.

홍성원은 소설이라는 문학적 양식을 통해 젊음의 도전과 이에 응전하는 기성세대의 논리를 설득력 있게 제시하고 있다. '말이 안 되는 걸 되게' 했던 유신독재 시절(1970년대)을 떠올려볼 때, 이러한 대화의 과정이 현실에서 이루어지기는 어려웠을 것이다. 작가는 군부독재라는 현실이 억압한 소통과 공감의 과정을 문학을 통해 모색하고 있는 셈이다. 이렇듯 문학은 억압적 시대 현실을 넘어 보다 나은 삶을 향한 가능성을 탐색한다.

작가는 이른바 서술자의 개입을 차단하는 '보여주기의 방식'(대화)으로 기성세대와 젊은 세대의 가치관을 생생하게 전달한다. 그들의 태도를 있는 그대로 드러냄으로써 대화적 관계를 만들어낸 것이다. 이를 통해 기성세대(형사)는 젊은 세대(학생)에 공감하게 되고, 젊은 세대 또한 기성세대의 삶에 다가설 수 있게 된다.

'젊음의 특권'에 맞선 기성세대의 논리는 아래와 같다.

"우리두 젊었을 땐 자네들처럼 다 한 번씩 그래 봤어. 하지만 나이가 들구 보면 그게 모두 부질없다는 걸 알게 되네."

형사는 '고생하는 어머님'을 환기하며 젊은이에게 신중한 처신을 당부한다. 그 또한 아들딸을 대학에 보내 공부시킨 부모이다. 특히, 아들은 '하라는 공부는 하지 않'고 '딴 짓'에만 정신을 팔다가 대학 졸업 후

'은행'에 들어가 '월급쟁이'가 되었다. 젊음의 열정이 '생활'과 '돈'의 논리, 즉 기성세대의 논리에 편입된 것이다.

젊은 세대의 응답 또한 곱씹을 만하다.

> "저두 나이 들면 그렇게 되겠죠. 허지만 그건 제가 나이 든 후 그때쯤 다시 한번 생각해 볼 문젭니다. 내가 젊었을 때 부질없이 한 일은 그것대루 벌써 이 세상에 한몫을 해버린 후입니다. 우리한텐 젊음이 한 번뿐이지만 이 세상엔 젊음이 매년 똑같이 계속되고, 그렇게 젊음이 계속되다 보면 세상은 끊임없이 젊음의 충격을 받게 되는 게 아닙니까?"

젊음의 열정은 기성세대로 편입될 수밖에 없다. 하지만 또 다른 젊음이 뒤를 잇게 마련이다. 젊음은 끊임없이 이어진다. 이 뒤따르는 젊음이 기성세대의 낡은 세계관에 충격을 가해 세상을 풍요롭게 하는 것이리라.

이렇듯 젊은 세대와 기성세대는 뫼비우스의 띠처럼 연결되어 있다. 「삼인행」의 웃지 못할 해프닝은 이를 단절시켜 대립시키는 당대 사회의 건강하지 못함을 풍자하고 있는 셈이다.

그렇다면 오늘의 현실은 어떠한가?

관계의 벽을 넘어

이청준의 「별을 보여 드립니다」는 한 '특이한 인물'의 문제적 삶을 통해 '우리'의 일상적 삶을 되돌아보게 하는 작품이다. 이야기는 1인칭 관찰자 시점으로 전개된다. 화자인 '나'가 '그'의 삶을 관찰하는 구조다. 소설의 주인공은 '그'이다. '나'는 '우리'로 지칭할 수 있는 일상적 삶을 대변하는 인물이다. '그'는 '우리'라는 공동체에서 배제된 삶을 살아간다. 이러한 '나'(우리)와 '그' 사이에는 눈에 보이지 않는 '유리벽' 한 장이 가로놓여 있다. '나'(화자)는 그 유리벽 너머로 '그'의 삶을 바라보는 '구경꾼'이다. 「별을 보여 드립니다」는 이 '나'와 '그' 사이에 놓인 유리벽의 의미를 탐색함과 더불어 이 벽이 균열을 일으키는 과정을 섬세하게 추적하고 있는 작품이다.

'그'는 '우리'가 소속된 사회에서 소외된 자이다. 하지만 '그'에게도 '진실'이 있다. 이청준은 비정상적으로 보이는 '그'의 진실이 정상적이라 여겨지는 '우리'의 삶을 되돌아보는 소중한 계기가 된다는 점을 섬세한 어조로 수놓고 있다.

'그'는 홀어머니 슬하에서 외롭게 자란 인물이다. 애정과 관심에 굶주린 '그'가 세상을 향해 내민 손은 이런저런 이유로 거절당한다. 대학만은 남들처럼 '정식으로' 끝내고 싶어 친구들을 불렀지만 한 사람도 졸업식에 오지 않는다. 시골에 계신 어머니가 돌아가시자 여비를 빌리러 친구들을 찾아간다. 그러나 '그'의 요구에 응한 사람은 하나도 없었다. 물론 친구들(우리들)에겐 나름의 이유가 있었다. 하지만 누구도 '그'가 처한 상황에 진심으로 공감하지 않았다. '그'의 외로움을 방치한 스스로의 입장을 정당화하기에 급급했던 것이다. '우리'(나)는 늘 자신의 관점으로 '그'의 처지를 판단한다. '우리'와 '그' 사이의 벽은 점차 견고해져 간다. 급기야 '그'는 '나'(우리)를 조금도 자신의 삶에 접근시키지 않고, '나'(우리)는 '그'에게 아무것도 이야기할 수 없는 상황이 되어버린다. '그'는 '우리들'(세상)을 '저주'하며 '쫓겨'가듯 '영국'으로 떠난다. 하지만 '영국'도 그의 외로움을 달래주지 못한다. 세상의 바깥은 없다. '영국'은 도피처의 하나일 뿐이다.

'그'는 다시 돌아온다. 한국의 현실은 떠나기 전과 그리 다를 바 없다. 수도의 거리는 '우방국 원수[1]'를 환영하는 휘황한 네온들이 눈

---

1) 이 작품이 1967에 발표되었음을 고려할 때, 1966년 11월 2일 방한한 미국의 존슨 대통령으로 추측할 수 있다.

을 어질어질하게 할' 따름이다. 이 작품에서 집요하게 반복되고 있는 '우방국 원수'의 이미지는 다음의 두 가지 의미를 지닌 듯하다. 첫째, '나'(우리)와 '그'의 소통 부재 혹은 어긋남이 양국의 정상 회담과 같은 지극히 형식적인 관계에서 기인한다는 암시이다. 작가는 이러한 형식적 벽을 허물어야 진정한 소통이 가능하다는 점을 강조하고 있는 셈이다. 둘째, '그'의 어두운 내면과 '우방국 원수'의 화려한 방한 이미지를 대조시킴으로써 당시의 우울한 현실을 간접적으로 비판하는 기능을 한다. 즉 '그'의 불행과 좌절, 배반 등은 개인의 꿈꿀 권리를 박탈한 당시의 폐쇄적 시대 상황과 무관하지 않다는 것이다.

한국에 돌아온 '그'는 '우리'(나)가 살고 있는 현실 너머의 세계를 꿈꾼다. '별'의 세계가 그것이다. 급기야 현실과 이상(환상)이 전도되기에 이르고, '별'의 세계가 현실의 삶을 지배하기 시작한다. '그'는 소설 속 소년의 모습(카로사의 「의사 기온」)을 통해 현실을 바라보고 있으며, 도벽과 거짓말을 일삼으면서도 전혀 죄책감을 느끼지 않는다. 오직 자신만의 공간(별의 세계)이 중요할 따름이다. '그'는 다른 사람에게 망원경을 들여다보게 하지 않는다. '사람을 사랑해 본 일이 없는 녀석들'에게 '별'을 보여줄 수 없다는 것이다. 이제 '그'에게 남은 것은 '별'의 세계밖에 없다.

하지만 시대의 어둠과 단절된 도피처로서의 별의 세계는 그 자체로는 의미가 없다. '지금 여기'의 삶과 접속하여 암울한 현실을 밝히는 빛으로 자리매김해야 하는 것이다. '그'가 영국으로 떠나는 것을 포기하고 망원경을 버리는 행위는 '지금 여기'에서 '가장 사랑하는 별'을 찾고자 하는 의도를 상징한다. '그'는 '나'(우리)와 함께 '별'(망원경)을 떠나보내는 '장례식'을 거행한다. '그'는 '위대한 우정'의 표시로 '나'에게 '하늘의 별'을 보여준다. 그리고 자신과 '별의 세계'를 이어주던 '망원경'을 강물에 떨어뜨린다. 이러한 과정을 거쳐 '그'는 자신을 쫓아낸 '우리들'의 품으로 돌아온다. '그'와 '나(우리)' 사이에 가로놓인 관계의 유리벽이 균열을 일으키는 아름다운 순간이다.

작품 속에 드러난 '그'의 여정은 '한국 → 영국 → 한국' 혹은 '현실 → 별 → 현실'로 정리할 수 있겠다. '그'는 자신을 '배반'한 현실(한국)로 귀환했다. 떠나기 전의 모습과 되돌아온 모습은 조금 다를 것이다. 이를 가까이서 지켜본 '나'(우리)의 모습도 변했다. '그'도 변하고 '나'도 변했다. 소설을 읽고 난 독자도 조금은 변했을 것이다. 이 조그마한 변화들이 우리 사회를 풍요롭게 가꾸는 동력이 아닐까 싶다.

주변을 둘러보자. '함께 있어도 외로움에 떨고 있는' 사람들이 보이는가. 그렇다면 '그'가 찾아오기 전에 먼저 손을 내밀어보자. '나'의 입장에서 '그'의 처지를 섣불리 판단하지 말자. '그'에게 도움을 주어야 한다는 우월적 시선은 금물이다. '그'의 절박한 처지와 상황을 있는 그대로 받아들이자. '그'의 진실이 무미건조한 '나'의 삶을 풍요롭게 가꾸는 데 기여할 수 있을지 모른다.

'가난한 아내'의 '일기' 혹은 소리 없는 반란

은희경의 「빈처」는 현진건의 「빈처」를 패러디한 작품이다. 후자가 전통과 근대 사이에서 방황하는 식민지 지식인 남성(남편)의 고뇌를 다루고 있다면, 전자는 남편과 아내의 시각을 교차시킴으로써 현대 사회의 가족 제도를 심문하고 있다. 하지만 이러한 차이에도 불구하고 '가난한 아내(빈처)'가 처한 상황은 별반 다르지 않다. 1920년대와 1990년대 사이의 시간적 간극이 무색할 정도이다. '가정'이라는 울타리에 갇힌 아내는 가부장적 이데올로기에 젖어 있는 남편의 시선에 꽁꽁 묶여 있는 듯하다. 동정과 연민으로 일관하고 있는 남편의 시선은 남성 / 여성, 사회 / 가정, 공 / 사, 이성 / 감성 등으로 표상되는 근대의 악명 높은 이분법에 기반하고 있다. 전자가 후자를 지배하는 억압구조가 근대 사회의 가족 이데올로기를 지탱하는 주춧돌이다.

문제는 이러한 불균형한 가족 관계에 어떻게 대응하느냐이다. 현진

233

건의 「빈처」에는 남편을 선망하는 이른바 현모양처(賢母良妻)의 모습만 그려질 뿐 가족 제도에 대한 뚜렷한 문제의식이 표출되지 않는다. '빈처'만 있고 그녀의 목소리는 없는 셈이다. 하지만 은희경의 「빈처」는 현재까지도 지속되고 있는 불합리한 가족관계를 섬세한 문체로 폭로하고 있다는 점에서 문제적이다. 이 작품은 남편이 아내의 일기를 훔쳐보는 구성, 즉 남성중심의 서사구조를 취하고 있다. 남편에 비해 아내의 태도는 지극히 수동적이다. 그녀는 '가족의 시중에 밀려' 자신의 것은 뭐든지 뒷전인 아줌마이자 '아이를 키우고 집안일을 하는 데 소질'이 있어 보이는 지극히 평범한 가정주부이다. 글쓰기(일기)를 통해 가사로 인한 스트레스를 풀고 있을 따름이다. 하지만 이 일기가 지닌 의미를 곱씹어보면 작품의 문제의식이 그리 간단치 않다는 사실을 감지할 수 있다. 아내 위에서 군림하는 듯한 남편의 목소리가 일기를 통해 서서히 전복되고 있기 때문이다. 아내의 일기에 반응하는 남편의 태도에는 그 어떤 논리적인 근거도 없다. 지극히 감상적이기까지 하다. 아내의 일기는 가슴을 무겁게 하거나, '화가 난 것' 같게도 하며 그의 '마음을 종잡을 수' 없게 흔든다. 심지어 아내가 그를 이해하고 위로하는 대목에선 이들의 관계가 역전되기까지 한다. '집이라는 일상'에 갇혀 살기에 남편은 너무나도 '자유'에 익숙해졌다는 것이다. 그리고 그 '자유'가 이 척박한 세상에서 남편이 무너지지 않고 버티게 하는 한 방법이라는 사실을 인정하고 포용하고 있지 않은가? 이에 비해 남편이 자신의 삶을 성찰하는 태도나 아내의 삶을 이해하는 정도는 지극히 피상적이고 추상적이다.

자신이 하찮고 손쉬운 여자라는 자괴감에, 나아가 인간으로서 최소한의 자존심까지 뭉개진 모욕감에 남편을 찾아 나선 아내가 소주를 병째 들이키며 귀가하는 장면 묘사는 단연 압권이다. 눈물겹기까지 하다. 아이를 들쳐 업고 포장마차의 문을 젖히는 순간, 일제히 자신에게 쏠리는 낯선 사람들의 시선을 상상해 보라! 하지만 이로 인한 '술기운'이 자신의 처량한 모습을 완전히 잊게 해줄 수 없다는 사실을 그녀는 잘 알고 있다. 술은 일상을 탈피하는 손쉬운 방법의 하나일 뿐이다. 술이 그녀에게 '여편네'가 아니라 '술 마시는 외로운 여자', 혹은 '독신'의 워킹맘이 되라고 부추기지만 그녀는 일상을 탈피할 수 없다는 사실을 잘 알고 있다. 그녀에게 일상은, 가족은, 남편은, '이제 막 수고로운 일'을 마치고 자신의 몸에서 나온, 흉측하지만 엄연한, '똥'과 같다. 지긋지긋하지만 한편으론 정겨운 존재이다.

반면 남편은 '술 마시는 일'과 '술 깨는 일'을 반복하는 그야말로 술꾼이다. 그가 술을 마시는 이유는 '가정을 지키기 위해서'일 것이다. 회사 생활을 하는 남편들에게 '가정'은 최후의 보루이다. 얼마 전 화제가 되었던 드라마 〈미생〉을 떠올려보자. 전쟁터와 같은 회사에서 살아남기 위해 몸부림치는 직장인들의 비애가 많은 이의 심금을 울렸다. 정규직과 비정규직의 차별 등 우리 사회의 구조적 모순을 진솔하게 파헤

쳤다는 평가가 뒤따랐다.

은희경의 「빈처」는 이러한 〈미생〉의 홍행 이면에 투영되어 있는 불편한 진실 하나를 들춰내고 있다. 「빈처」에 드러난 우리시대 '미생'들의 목소리를 들어보자.

> "남편들은 이 눈치 저 눈치 봐가며 뼈 빠지게 벌어다주면 마누라들은 한가하게 인생 타령이나 하고, 수준들 높다니까. 우리 마누라가 뭐라는 줄 알아, 자기도 자유가 필요하다나. 집안일이 지겹고 힘들다는 거야 나도 알지. 하지만 처자식 먹여 살리겠다고 더러운 꼴 참아가며 죽으나 사나 이놈의 회사에 모가지 붙들려 있는 것에 비하면 자기야 근무여건이 좋은 편이지, 안 그래?"

이러한 '미생' 아닌 '미생'들의 논리에 대해 작가는 "인생을 좀 진지하게 살 수 없어요? 그런 식으로 인생을 다 보내버릴 거예요?"라고 쏘아붙인다. 고달픈 '미생'들의 귀를 먹먹하게 하는 '마누라들'의 항변은 우리들에게 다음과 같은 질문을 불러일으키게 한다. 스스로를 '독신'으로 여기며 살아가는 아내에게, '아빠와 같이 살지 못하는' 아이들에게 가정을 지키기 위해 술을 마신다고 항변할 수 있을까? 우리의 가정이 위협받는 진짜 이유는 '가정'을 지킨다는 낯간지러운 논리로 가정을 돌보지 않는 무책임한 남편들의 가부장적 태도 때문이 아닐까? 바람피

우지 않고 월급만 꼬박꼬박 갖다 주면 가장으로서의 소임을 다하는 것일까?

아내의 일기장을 가만히 덮어주며, '살아가는 것은, 진지한 일이다. 비록 모양틀 안에서 똑같은 얼음으로 얼려진다 해도 그렇다, 살아가는 것은 엄숙한 일이다.'라고 되새기는 화자의 목소리가 공허하게 느껴지는 것은 필자만의 착각일까? 아니면 소리 없는 반란을 일으키고 있는 '가난한 아내들'의 심문에 아직까지 그가 진지하게 응답하고 있지 않기 때문일까?

48 전상국의 「맥(脈)」

소통과 공감을 위하여

전상국의 「맥(脈)」은 "사반세기 만에" 고향으로 돌아가는 아버지의 모습과 이를 관찰하는 아들의 심리를 섬세하게 포착하고 있는 작품이다. 이를 통해 작가는 한 가족사에 내재된 민족사의 비극을 환기하고, 아버지 세대와 아들 세대의 화해를 모색하고 있다.

이야기는 어머니의 죽음으로부터 시작된다. 화자의 어머니는 일본인이다. 그녀는 "단 하나의 혈육"인 화자에게 "이 어머니 죽거든 땅에 묻지 말고 태워서 마포 강에 띄워 줘야 해요."라는 유언을 남긴다. "남의 땅에서 지친 그네 혼백"은 "강물을 흘러 서해에 합류할 것이고, 그네 주검의 가루 씻긴 서해의 물갈래는 언제고 그네 태어난 일본 땅 어느 해변에 하얗게 이를 드러내며 기어" 오르리라. 그녀는 처음이자 마지막으로 "미사키, 미사키 상!"이라는 일본 사람 이름을 내뱉으며 세상을 떠났다. "자기가 태어난 땅에 대해서" 단 한 마디도 하지 않았던 어머니가 세상을 하직하기 직전에 고향(일본)에 대한 애틋한 그리움을 표출한 것이다. 그러니까 「맥(脈)」은 고향에 대한 이야기인 셈이다.

화자가 알고 있는 어머니의 과거는 다음과 같다. 어머니는 아버지를 만나 오대 독자를 낳았다. 화자의 "이복 누님들"을 자기가 낳은 자식처럼 곱게 키워 시집을 보냈다. 그리고 전형적인 하류층 시부모의 천덕스러움과 노망, 그리고 그 번거로운 임종의 순간까지 눈물을 쏟아내며 혼신의 힘을 다해 견뎠다. 화자는 그녀의 삶을 도무지 이해할 수 없었다. "자식의 땅에 묻히기를 거부한" 어머니의 유언에 "짙은 배신감"을 느꼈을 뿐이다. 껍데기의 삶만 보아온 것이다.

아버지 역시 고향 얘기를 입에 올리지 않았다. 아버지는 6·25 때 "부역자"였다. 그로 인해 오 년여의 세월을 어둠 속에서 보냈다. 감옥살이를 마치자 곧 한 여자를 만나 아들을 낳았다.

화자는 이러한 '아버지 / 어머니의 삶'에 한 번도 공감한 적이 없다. 늘 뿌리가 없는 부평초 같은 삶을 살았다. 그들의 "결코 떳떳할 수 없는 지난 그늘로 하여, 그 그늘 속에 스멀거리고 있는 죄의 잔뿌리에 감겨 심통이 사나운 아이, 꽈배기처럼 배배 꼬인 이십 성년으로 컸던 것이다." 그 결과가 학교로부터의 "제적 통고"이자 군으로부터의 "입영통지서"였다.

하여, 아버지의 귀향 결정은 화자를 "깊은 낭패의 구렁텅이"로 밀어

넣는다. 자신의 삶을 음지로 밀어넣은 수치스러운 과거로 돌아가려는 것이었기 때문이다. 화자는 "철저하게 서울을 등진" 아버지 옆에 앉아 이 "불가사의하고 배신적인" "귀향", 즉 자신의 의식의 뿌리를 송두리째 흔들고 있는 현상에 대해 고민하기 시작한다.

이러한 아버지와의 동행을 통해 화자는 '배신감 → 이해 → 공감'이라는 의식의 변모를 겪는다. 비로소 부모 세대의 삶에 조금씩 다가서기 시작한 것이다.

먼저 아버지의 삶을 살펴보자. 아버지의 고향 '풍암리'는 대대로 김 씨 문중의 자손이 번성했다. 화자의 선조는 김 씨 문중의 머슴살이에서 분가를 해 뿌리를 내리기 시작했다. 양반 가문에 빌붙어 산다는 치욕과 설움을 감내하며 살아온 것이다. 증조부는 동학군에 "덥석 내통했다고 거적송장"이 되었고, 할아버지는 역적의 자식 취급을 받았다. 하지만 아버지는 달랐다. 동네 천덕꾸러기로 따돌림 받는 것이 죽기보다 싫었다. 그는 김 씨 문중의 딸을 범하고 아내로 맞이한다. 해방이 되자 김 씨 일가를 친일파로 몰아붙였다. 전쟁이 터지자 '풍암리' 일대는 아버지의 세상이 되었다. 그는 인민 위원회 풍암리 위원장이 되었다. 그러던 중 세상이 바뀐다. 아버지는 동네 사람들의 표적이 되어 산속으로 끌려온다. 죽음을 눈앞에 둔 순간 구덩이 속으로 누군가 떨어져 내린다. 아버지 대신 그의 "처"(김씨 문중의 딸)가 죽은 것이다.

세월이 지나 옛 아내가 묻힌 그 구덩이에 아들과 함께 서 있다. 여기에서 처남들을 만난다. "누님"을 이미 다른 곳에 이장한 남동생들이 구덩이 속의 아버지에게 손을 내민다. "아버지가 빼앗아온 그 처녀의 남동생들"이 화자를 향해 "조금 웃어 보"이기까지 한다. 화자는 "이 사람들이야말로 우리의 귀향을 진정 반기고 있"다고 생각한다.

아버지의 과거에는 우리 근·현대사의 비극, 즉 봉건적 신분제도로 인한 계층 갈등(동학농민혁명), 분단과 전쟁으로 이어지는 이데올로기 대립(좌·우익의 갈등) 등이 가로놓여 있다. 화자는 이러한 아버지의 삶에 다가가면서 '방관자의 입장'에서 '공감'의 자세로 변모하고 있다. 그의 의식 변모는 우리의 역사를 알아가는 과정이기도 하다.

그렇다면 어머니의 삶은 어떠한가? 어머니가 죽기 직전에 불렀던 '미사키'는 아버지가 감옥에서 만난 인물이다. 그는 일본 사람이었다. 미사키는 어머니와 함께 열아홉의 나이로 조선에 왔다. 피치 못할 사정으로 고향(일본)을 떠난 것이다. 그는 자식하나 남기지 못하고 이국땅에서 죽음을 맞이한다. 미사키를 통해 어머니를 알게 된 아버지는 그녀와 결혼하여 가정을 꾸린다. 어머니에게 아버지는 미사키의 분신이었고, 화자는 미사키의 아들이기도 했다. 어머니의 구차한 삶을 고향(일본, 미사키)에 대한 그리움이 지탱해 주었던 것이다. 하여, 아버지의 귀향은 어머니의 수구초심(首丘初心)을 실현하는 과정이기도 하다.

화자는 아버지와의 귀향을 통해 아버지(선조들)의 기구한 삶은 물론 어머니의 한(恨) 많은 인생과도 만나게 된 것이다.

그러나 무엇보다 내게 시급한 것은 아버지와의 단둘만의 시간이 다시 마련되는 일이었다.

나는 그예 울음을 터뜨릴 것이고, 입영 통지서를 펴 든 아버지는 내 등을 뚜덕거리며 나를 위무하리라. 이것이 우리의 현실이라고. 나는 더 많은 문제에 대해서, 그리고 진정 내 문제에 대해서 아버지와 긴히 의논하고 싶은 것이다.

과거에 대한 진지한 탐색이 전제되지 않고는 더 나은 미래를 설정할 수 없다. 아버지가 다시 마을에 뿌리내리기에는 상당한 세월과 인내가 필요하리라. 화자 또한 자신이 처한 "현실"을 직시하고 앞으로 닥칠 "문제"를 해결하기 위해서는 "아버지와의 단둘만의 시간"(과거와의 정직한 만남)이 필요하리라. 자신의 문제에 대해서 "진정"으로 아버지와 "의논하고 싶"어 하는 화자의 마음속에서 소통과 공감을 향한 희망의 싹이 트고 있다.

자신의 과거, 혹은 부모님의 삶을 돌아보자. 그리고 가슴에 응어리져 맺혀 있는 멍의 실타래를 조심스럽게 풀어보자. 이 실타래를 가만가만 따라가다 보면 소통과 화합의 청사진(靑寫眞)을 발견할 수 있을 것이다.

살아남은 자들의 비겁함 혹은 자기합리화

윤흥길의 「빙청(氷靑)과 심홍(深紅)」은 평소 아무에게도 존경받지 못했던 한 군인이 불행한 사고를 통해 '영웅'으로 둔갑되는 현상을 냉정한 필치로 파헤치고 있는 작품이다. 특히, 작가는 '거짓'을 '사실'로 포장하는 집단주의 이데올로기의 냉혹함을 섬뜩하게 고발하고 있다. '빙청(氷靑 : 얼음 같이 차가운 파랑)과 심홍(深紅 : 짙은 빨강)'이라는 제목은 '차가운 진실(빙청)'과 '광기어린 열기(심홍)'가 뒤엉킨 겉과 속이 다른 관료주의 사회(수박)의 모순을 암시하고 있는 듯하다.

"말보다 늘 주먹이 앞서는", 그야말로 군대 체질인 한 군인(우하사)이 갑작스러운 사고를 당한다. '우하사'는 펑 소리와 함께 불덩이를 뒤집어썼다. 그뿐이다. 전신 화상을 입고 삶과 죽음의 경계를 오갈 때조차 그는 살아 있을 때의 모습 그대로였다. 같이 화상을 입은 '조일병'의 안부를 묻고 그의 상태가 자신보다 훨씬 더 심하다는 대답을 들은 후에야 겨우 안심하고 토막잠을 이루는 지극히 인간적이고 세속적인 인물이다.

우하사는 병상에 누워 있는 동안, 그의 의지와는 무관하게 "초인적인 의지와 용력을 발휘하여" 동료 3명의 목숨과 중요한 장비를 구한 영웅적인 군인으로 거듭난다. 그의 동기생들이 "광란에 가까운 전우애"를 발휘하여 "대대 분위기를 점점 최면시켜 진실과 허위의 구분을 애매하게 만들어 놓았"기 때문이다. 심지어는 "우하사에 의해 구출된 것으로 지목된 세 명의 사병마저도 정말 자기를 구한 것이 우하사 그 사람인 줄로 믿어 버릴 정도였다." 모두가 합심하여 아름다운 이야기를 꾸며낸 것이다. 그리고 그 미담(美談) 속에서 우하사는 하루가 다르게 완벽한 영웅의 모습을 갖추어간다.

그러던 중 한 동료(신하사)가 우하사의 간호를 자청한다. 그는 소위 말하는 '왕따'였다. 어리숙해 보이는 태도 때문에 놀림감이 되기도 했지만, 웬만한 조소나 수모는 잘 참고 견디는 성격의 소유자이다. 그러나 스스로 정한 어느 한계선, 즉 인간으로서의 마지막 자존심을 건드리면 물불을 가리지 않는다.

우하사의 인간적인 진실이 왜곡되는 모습은 신하사에게 참을 수 없는 고통을 가져다준다. 인간으로서의 마지막 자존심을 훼손하는 행위이기 때문이다. 하여, 신하사는 우하사를 신화화하는 흐름에 대항하여 그의 '본래의 자기'를 되찾아주기로 결심한다.

주목할 점은 이러한 신하사를 바라보는 살아남은 자들의 비겁함이다. 그들은 신하사의 행위가 옳다는 사실을 잘 알고 있으면서도 스스로의 비겁함을 부끄러워하지 않는다. 오히려 진실을 밝히려는 우하사의 용기를 비난하기까지 한다. 그가 옳긴 하지만 유감스럽게도 옳은 것이 그 한 사람뿐이기 때문에 결과적으로는 글러먹었다는 것이다. 나아가 자신들의 모습이 "어제 오늘에야 비롯된 형식"이 아님을 강조하며 스스로를 정당화하기에 이른다. '강압' 혹은 자신에게 돌아올 불이익 때문에 자발적으로 '거짓'에 동조했으면서도, 그들은 "불구자에 대하여 너그러울 필요"가 있다거나, "불쌍헌 놈 호강이나 시키자"는 핑계로 스스로의 비겁함을 합리화한다.

신하사는 거짓된 현실을 고발하고자 우하사를 죽이기로 결심한다. 하지만 그가 갔을 때 우하사는 이미 숨져 있었다. 신하사는 "범죄수사대에 자진 출두하여 조사"를 받겠다고 결심한다. 진실을 조롱하던 사람들에게 잠시라도 '부끄러움'을 느끼게 하여 자신이 옳았다는 점을 증명해 보이기 위해서이다.

　　이미 불행해질 만큼 불행해진 우하사를 두 번 죽이고 싶지는 않았던 겁니다. 우하사는 전신이 불길에 휩싸였을 때 벌써 죽은 사람입니다. 그 후 부대 안에서 벌어진 모든 일들은 우하사하고는 전혀 상관이 없는, 우하사가 살아 있다는 가정하에 살아 있는 사람들끼리 펼친 일장의 쇼에 불과합니다. 산 사람들이 즐기는 놀이를 위하여 죽은 사람이 개처럼 질질 끌려다닌다는 건 도저히 용서할 수 없는 일입니다. 우하사는 우하사인 채로 죽어야 마땅합니다. 우하사에게 더도 덜도 아니어야 합니다. 하루아침에 그를 영웅으로 떠받들면서 법석을 떨어 대고 존경을 강요하는 건 불행하게 죽은 자에 대한 예의가 아니며, 오히려 그의 인간다운 죽음을 모독하는 처사입니다. 제가 우하사에게 자기를 되찾아 주고 더도 덜도 아닌 우하사 본래의 자격으로 잠들 수 있도록 이 모든 추잡스런 놀음에 종지부를 찍으려고 결심하게 된 것은 바로 이런 이유 때문이었습니다. 하루라도 앞당겨 죽게 하는 것이 이런 상황 아래서는 적선이라고 확신했던 겁니다.

이렇듯, 「빙청(氷靑)과 심홍(深紅)」은 "불행하게 죽은 자"의 '인간다움'을 모독하는 "살아남은 사람들"의 '비겁함과 자기합리화'를 고발하고 있는 작품이다. 다수라는 이름의 눈에 보이지 않는 폭력이 한 개인의 소중한 실존을 앗아가는 모습을 통해 작가는 우리 사회에 만연한 집단주의 이데올로기의 허구성을 곱씹어보고 있는 것이다.

모순과 대립의 이분법을 넘어

『난장이가 쏘아 올린 작은 공』은 읽을 때마다 새로운 감동으로 다가오는 우리 문학의 고전 중 하나이다. 이 책을 처음 접한 고등학교 시절, 성장 위주의 산업화 정책에 소외된 서민들의 애환과 사랑, 그리고 절망을 막연하게나마 인식한 충격이 아직도 생생하다. 대학 시절 다시 읽은 『난·쏘·공』은 우리 사회의 모순과 절망을 객관적으로 바라보는 계기를 마련해 주었다. 문학에 입문한 이후 여러 번의 기회를 통해 다시 접하게 된 『난·쏘·공』은 사실과 환상, 내용과 형식, 리얼리즘과 모더니즘, 현실과 꿈, 참여문학과 순수문학, 과거와 현재 등의 경계를 가로지르며 우리 문학의 새로운 가능성을 열어주었다.

이른바 선 / 악, 정의 / 불의, 흑 / 백, 진보 / 보수, 앞 / 뒤 등 대립되는 항목은 편의상 나눈 것이다. 현실에서는 명확하게 구분되지 않는다. 실제 우리의 삶은 그 사이 어디쯤을 오가고 있다. 선하게 보이는 사람이라고 해서 그가 완벽한 선의 화신이 될 수는 없다. 이를테면, 그의 행위에서 '선 : 악'의 비율이 '8 : 2' 혹은 '7 : 3' 정도로 표출되고 있을 따름이다. 그런데 우리는 선 / 악의 이분법으로 세상을 보려고 한다. 마치 굴뚝 청소를 한 두 아이의 얼굴을 '깨끗함 / 더러움'으로 구분하여 판단하는 것처럼 말이다. 깨끗함과 더러움은 뫼비우스의 띠처럼 연결되어 있어 분명하게 나누어지지 않는다. 다만 그 정도의 차이가 있을 뿐이다.

「뫼비우스의 띠」에 등장하는 '앉은뱅이'와 '꼽추'는 『난·쏘·공』 연작의 주인공 '난장이'의 다른 이름이다. 이 작품에서 '가진 자'와 '가지지 못한 자'의 대립은 선 / 악의 이분법으로 제시되지 않는다. 『난·쏘·공』의 문제의식이 빛나는 대목이다. '앉은뱅이'와 '꼽추'는 선하고, 이들의 삶을 짓밟고 있는 사람들은(사나이) 그렇지 않다고 생각하면 문제는 간단하다. 하지만 현실은 그리 단순하지 않다. 선 / 악의 이분법은 '뫼비우스의 띠' 같이 꼬여 있는 복잡한 현실을 이해하는 데 큰 도움을 주지 못한다. '아파트 입주권'을 '십육만 원'에 사서 '삼십팔만 원'에 팔아 순식간에 '이십이만 원'의 이익을 남기는 일이 우리 사회에서는 빈번하게 일어나고 있다. 그것도 한 개인이 동네의 입주권을 몽땅 사서 말이다. 이런 일은 부도덕하기 때문에, 선하지 않기 때문에 용납할 수 없다고 주장한다고 해서 문제가 해결되지는 않는다. 이윤 추구는 우리 사회가 지향하는 최고의 가치(?)

이기 때문이다. 가지지 못한 자가 이러한 문제를 해결하기 위해 할 수 있는 일은 거의 없다. 하여, 하루아침에 삶의 터전을 잃어버린 '앉은 뱅이'와 '꼽추'의 절망은 그 어디에서도 위로받지 못한다. 또한 '모터가 달린 자전거와 리어카' 그리고 '강냉이 기계'를 통해 삶의 희망을 되찾고자 하는 '앉은뱅이'의 꿈과, '죽을 힘을 다해 일하고' '그 대가'로 먹고 살고자 하는 '꼽추'의 희망도 실현되기 어려워 보인다. 이들의 꿈과 희망이 순박하고 아름다울수록 이를 훼손시키는 현실의 어두움은 더욱 선명하게 부각된다.

조세희는 문학(소설) 특유의 정서적 울림을 통해 이들의 절망과 꿈을 보듬고 싶었는지도 모른다. 근대화의 화려함 이면에 가려진 암울한 현실을 집요하게 탐색한 작가의 미학적 태도가 돋보이는 지점은 바로 여기이다. 현실 세계에서의 화해는 불가능하지만, 상상력의 세계에서는 가능하지 않겠는가. '난장이'가 꿈꾼 '달나라'도 이와 무관하지 않다.

『난·쏘·공』에서는 절망적 현실과 아름다운 상상력의 세계가 교차되고 있다. '난장이' 마을은 상상력을 통해 달나라와 연결되고, 달나라는 냉혹한 현실의 논리에 무참히 짓밟힘으로써 현실 속으로 추락한다. '난장이'가 꿈꾸는 달나라는 현실 속에서 실현될 수 없는 시적 환상에 불과하다. 하지만 이러한 꿈이 없다면 누구도 불구적인 현실을 견딜 수 없다.

『난·쏘·공』이 제시하는 문제의식의 핵심은 피해자와 가해자의 대립 그 자체가 아니라 양자를 구별할 수 없는 현실의 모순이다. 이는 '너'와 '나'의 조화로운 공존을 어렵게 하는 우리 사회의 모순과 절망이며, 합리적 이성에 기초한 사회 건설의 지난함을 온몸으로 드러내는 일이다.

「뫼비우스의 띠」에서 '앉은뱅이'는 극단적인 선택을 한다(『난·쏘·공』 연작의 '영수' 또한 이와 같은 선택을 한다). 그는 입주권을 강탈(?)한 '사나이'를 살해하고 자신의 몫 '이십만 원'을 되찾는다. 하지만 그렇다고 해서 그의 행위가 정당화되는 것은 아니다. '꼽추' 또한 정도의 차이가 있을 뿐 '앉은뱅이'와 다르지 않다. 그는 '앉은뱅이'의 범죄 행위를 방조하고 도왔기 때문이다. 이들이 저지른 살인과 방화는 현실과 꿈 사이의 화해 불가능성에 대한 작가적 절망의 다른 표현이다.

그렇다고 작가가 '앉은뱅이'와 '꼽추'의 행위에 정당성을 부여하고 있는 것은 아니다. 조세희는 피해자가 가해자가 되는 역설적 상황을 통해, 우리 사회의 냉혹한 현실이 앗아간 이들의 '소박한 꿈과 자유에의 열망'을 적극적으로 옹호하고 있는 것이다. 나아가 이러한 사회 현실을 짐짓 외면해 온 우리들의 '윤리적 무관심'을 고통스럽게 환기하고, 삶의 '진정한 가치'가 무엇인가에 대해 곱씹어보라고 채찍질을 하고 있다. 이러한 『난·쏘·공』의 문제의식은 이후 영화, 연극, TV 드라마 등으로 되살아나면서 정치, 사회, 문화 전 분야에서 다양한 사회

운동을 촉발시키는 계기가 되었다. 이렇게 소설은 좌절된 꿈을 통해 절망적 현실에서 희망을 길어 올리고 있다.

『난·쏘·공』의 주제의식은 오늘날까지 여전히 살아 있다. 대기업의 정리 해고 문제, 도시 재개발을 둘러싼 대립과 충돌, 비정규직 차별과 청년 실업의 문제 등 최근까지 끊이지 않고 있는 사회적 모순과 갈등은 우리를 다시 『난·쏘·공』의 세계로 이끌고 있다.

우리는 조세희가 「뫼비우스의 띠」를 통해 제시하고 있는 다음과 같은 메시지를 가볍게 여겨서는 안 될 것이다.

> 인간의 지식은 터무니없이 간사한 역할을 맡을 때가 많다. 제군은 이제 대학에 가 더 많은 것을 배우게 될 것이다. 제군은 결코 제군의 지식이 제군이 입을 이익에 맞추어 쓰여지는 일이 없도록 하라. 나는 제군을 정상적인 학교 교육을 받은 사람, 사물을 옳게 이해할 줄 아는 사람으로 가르치려고 노력했다. 이제 나의 노력이 어떠했나 자신을 테스트해 볼 기회가 온 것 같다.

'터무니없이 간사한 역할을 맡을 때가' 많은 '인간의 지식'을 끊임없이 경계하고, 그 '지식'이 개인의 '이익'에만 사용됨으로써 타인의 자유와 행복을 억압하는 '일이 없도록' 감시하는 일. 그러기 위해서는 '뫼비우스의 띠'처럼 꼬인 세상을 '옳게 볼 줄 아는' 시각을 길러야 할 것이다. '정상적인 학교 교육을 받'고 '대학'이라는 더 큰 세계로 막 진입하려는 '제군'의 어깨에 우리 사회의 미래가 달려 있다.